I0557002

FŐNYEREMÉNY: SZERELEM!

Csapó Dóra
2016
Publio Kiadó
www.publio.hu
Minden jog fenntartva!

ISBN 9789634249054

Nyomdai előkészítés és gyártás: Publio Kiadó Kft.

Már több mint egy órája ültek a nappaliban. A nap lassan lemenni készült. Arany sugarai beragyogtak az ablakon, és megpihentek a fényesre polírozott elegáns bútorokon. A késődélutáni fényben apa és fia szótlanul hallgatták az óra egyhangú ketyegését. Az idős férfi olvasni próbált, de figyelme minduntalan elkalandozott. Fiát figyelte, aki mióta hazajött, tudomást sem vett róla. Nem azért, mert meg akarta bántani, de láthatóan valami nagyon foglalkoztatta. Barry úgy ült a kanapén, mintha karót nyelt volna. Apja tudta, valami nincs rendben. Az utóbbi hetekben a csend egyre többször telepedett közéjük. Barry sokszor észre sem vette, ha szóltak hozzá. Mintha valahol teljesen máshol járna. Senki nem tudta, mi baja lehet. Az idős férfi egyre nehezebben viselte fia zárkózottságát. Eddig azonban nem szólt; várta, hátha magától is megnyílik. Már régóta éltek együtt. Válása után Barry teljesen összetört. Dicknek nem kevés erőfeszítésébe került, míg meggyőzte, költözzön haza. Így rajta tarthatta a szemét, s valamivel nyugodtabb lehetett. Sokáig attól félt, Barry valami őrültséget forgat a fejében. A költözés után próbált minél több időt együtt tölteni vele, ám a helyzet csak nem akart javulni. Akkoriban is sokszor ültek órákig szótlanul, esetleg zenét hallgatva a nappaliban, vagy a dolgozóban. Barry csak hosszú – hosszú idő múlva kezdett magára találni, s néha már mosolyogni is látták. Igaz, nem a régi csibészes mosolyával, hanem szomorkás, töprengő kifejezéssel az arcán. És néha már beszélgetni is hajlandó volt. Dick az alatt a három év alatt többet öregedett, mint más tíz év alatt. Abban az időben kerültek meglehetősen közel egymáshoz. Pontosan tudták egymásról, mikor kell beszélni, és mikor kell hallgatni. Dick úgy gondolta, a hallgatás most már túl hosszúra nyúlt. Hetek, hónapok óta figyelte fiát, és egyáltalán nem tetszett neki, amit látott. Barry egyre szótlanabb, befelé fordulóbb lett. Azelőtt mindig vidám, és jókedvű volt. Kék szeme folyton csibészesen csillogott, mintha folyton azon törné a fejét, mivel törhetne borsot barátai, vagy az apja orra alá. Pedig már nem volt annyira fiatal. Eleget mondogatták neki, hogy benőhetne végre a feje, és megkomolyodhatna. Dick sosem gondolta volna, hogy egyszer azért fog izgulni, mert fia túlságosan komolyan viselkedik. És most újra gyülekeznek a sötét ráncok fia homlokán, újra azokat a tüneteket kezdi felfedezni rajta, mint a válás után. Vajon, miért rághatja magát?

- Barry, valami baj van? – kérdezte csendesen, remélve, hogy sikerül kimozdítania fiát ebből az állapotból.

- Tessék? Ne haragudj, nem figyeltem. – felelte Barry szórakozottan.

Azt kérdeztem, mi bajod van? Alig szólsz pár szót, ha kérdezlek, nem felelsz, s mintha állandóan valahol máshol járnál.

- Ne haragudj, apa! Csak elgondolkodtam. – válaszolt, s látszott, hogy jobban szeretné, ha újra egyedül maradhatna a gondolataival.

- Tudod, hogy nem szoktalak faggatni, s ha nem akarod, ne válaszolj! De nem kellene megbeszélnünk? Ez régebben mindig segített. – folytatta Dick, és elhatározta, hogy most nem hagyja annyiban. Ha meg is haragítja, akkor is kideríti, mi bántja Barryt.

- Nem is tudom, mit mondjak. Olyan butaság az egész. De nem tudok szabadulni tőle.

- Hallgatlak, fiam. – szólt az öreg, s szemüvegét a nappali asztalára téve várakozóan nézett rá. Kék szemében az aggodalom fénye csillant. Ősz haja, remek humora, egyenes tartása, könnyed mozgása, kora ellenére vonzóvá tette megjelenését. Most azonban ő is öregebbnek érezte magát, mert félt attól, amit esetleg fiától hallani fog. A nap egyre lentebb kúszott, s úgy tűnt, hamarosan elmerül az óceánban. Sugarai egyre vörösebb árnyalattal színezték a szoba falait. Barry egy ideig figyelte a napsugárban kergetőző porszemeket, majd sóhajtott egyet, és így folytatta:

- Egy ideje van egy visszatérő álmom. Éjjel van, és én alszom az ágyamban. Egyszerre megérzem, hogy ül egy nő az ágyam mellett. Nézi, ahogy alszom. Néha fogja a kezem, vagy a hajamat simogatja. Néha csak ül mellettem, és vigyáz rám, míg alszom. Amikor megjelenik, nagyon boldognak érzem magam. Eleinte azt hittem, anya az, de most már tudom, hogy nem ő. Fiatalabb, barna haja és zöld szeme van. Egyszerre csak a parton sétálunk. Naplemente van, akár csak most. Fúj a szél, és vizet permetez az arcunkba. A nő a cipőjét a kezében tartja, a vízben lépked és nevet. Én vele nevetek. Egy ideig sétálunk, és beszélgetünk minden féléről, majd megállunk, és én megcsókolom. Ő visszacsókol. Nagyon boldog vagyok. ...És itt véget ér az álmom. Nem tudom kiverni a fejemből. Ha nem álmodom róla, akkor az a bajom, ha megjelenik álmomban, akkor pedig az, hogy minél tovább maradjon.

- Dick várta, hogy folytatódik – e a történet, de Barry ismét gondolataiba merült. Igazság szerint fogalma sem volt, hogy mit kellene most mondania a fiának. Mivel próbálja megnyugtatni? Egyáltalán szüksége van Barrynek bármiféle tanácsra? Csak ültek egymás mellett szótlanul. Dick egy kissé azonban megkönnyebbült. Örült, hogy ha rövid időre is, de szóra bírta. Így legalább nem aggódik tovább. Sokkal súlyosabb problémára számított, s most örült, hogy nem igazolódtak be félelmei. Mindenesetre, legalább tudja, mi foglalkoztatja a fiát, s így megpróbálhat segíteni neki elterelni a gondolatait. Hogy pontosan hogyan, azt most még nem tudja, de legalább van támpontja. „Egy kávé talán segít gondolkodni." – morfondírozott félhangosan, miközben a konyha felé sétált. A sors azonban váratlanul segítségére sietett.

- Barry, kinyitnád, kérlek! – kiáltott a konyhából, mikor valaki kopogott.

- Persze, apa, maradj csak! – felelte Barry, s egy nagy sárga borítékot vett át a küldönctől. Csodálkozva nézte a címzést. A levél neki szólt, de valahonnan a világ másik feléről érkezett. A stúdióba címezték, onnan küldték utána. Érdeklődve bontotta ki a csomagot.

- Barry! Már harmadszorra kérdezem, mi történt? Ki volt az? – kukkantott be a nappaliba Dick. De Barry annyira elmerült a levél böngészésében, hogy még most sem hallotta a hozzá intézett kérdést. Majdnem elejtette az egész paksamétát, mikor apja a vállára tette a kezét, hogy végre észrevegye.

- Nézd, kaptam egy felkérést! De elég fura. Azt kérdezik lennék – e egy játék fődíja. – nyújtotta a papírokat az apjának. Dick átfutotta a levelet.

- Érdekes ötlet, az már szent igaz. – mondta, mikor végiglapozta a levelet. – Úgy látom nagyon korrekt ajánlat. Érdemes megfontolni. Ki tudja, még jól is elsülhet! – „s legalább nem gondolsz folyton arra a furcsa álomra..." folytatta gondolatban. – Aludj rá egy – két napot, ne siesd el a döntést! Ha meg akarod beszélni részletesebben, csak szólj!

- O.K. Köszi, apa! Ha nem haragszol, most bemegyek a szobámba, s mégegyszer alaposan átolvasom az egészet. – állt fel ismét a kanapéról, s a szobájába indult. Még a kávéját sem vitte magával. Dick aggódó mosollyal nézett utána. A nap vörösen izzó korongja elmerült a víz színe alá hihetetlen színeket hagyva maga után az alkonyi égen. Az öreg a teraszajtóhoz sétált, és lassan, élvezettel kortyolt bele a friss, erős kávéba.

MOVIECOM
Nemzetközi Filmforgalmazó Kft.
Budapest
Dorottya út 4.
1444
Kedves Hercegfalvi – Kovács Helga!
Örömmel értesítem, hogy „**Nyaraljon kedvencével!**" nyeremény-
játékunk főnyereményét, az egyhetes nyaralást kedvenc színészével Ön
nyerte!
Kérem, a részletek megbeszéléséhez hívja a következő telefonszámot:
Nyereményéhez szeretettel gratulálunk!
Budapest, 2006. május 27.
Tisztelettel:Kiss Ágnes (Igazgató)

Egy ideig csak nézte, forgatta a rövidke levelet, majd arra gondolt,
ez csak egy vicc. Valamelyik barátja tréfát próbál űzni vele. Nem tud-
ta eldönteni, mit tegyen. Felhívja a számot, vagy csak egyszerűen dob-
ja ki a levelet? Végül is arra az elhatározásra jutott, hogy nem történhet
abból komolyabb baj, ha telefonon érdeklődik. Ha tényleg egy buta vicc
az egész, legfeljebb jót nevetnek együtt. Sok ideje azonban nem maradt
a töprengésre, hiszen indulnia kellett a gyerekeiért az iskolába. Csak
néhány nap elteltével került újra a kezébe a levél. Nem is gondolkodott
sokat, tárcsázta a megadott számot.

- MOVIECOM, jó napot kívánok! – hallatszott a vonal túlsó végéről
egy kellemes női hang.

- Én egy bizonyos Kiss Ágnest keresek - válaszolta bizonytalanul, mert
közben megpróbálta kitalálni, melyik barátnője hangját is hallja. Még
mindig biztos volt ugyanis abban, hogy csak egyikük buta viccéről van
szó. Legnagyobb meglepetésére azonban a kellemes hangú hölgy biztosí-
totta, hogy hamarosan kapcsolja az igazgatónőt. Még meg sem köszönte
a kedvességét, máris egy másik hangot hallott:

- Kiss Ágnes, tessék!

- Jó napot kívánok! Hercegfalvi Helga vagyok. Elnézést kérek a
zavarásért.......

- Á! Üdvözlöm, kedves Helga! –vágott közbe az igazgató – már nagyon
vártuk a jelentkezését! Remélem, örül a nyereményének!

- Hát, hogy igazán őszinte legyek, azt hittem, csak a barátnőim akarnak egy kicsit bohóckodni velem. –Azonban amint kimondta ezeket a szavakat, rögtön tudta, hogy nem viccről van szó. Ugyanis senkinek sem árulta el, hogy benevezett a játékra. Ettől a tudattól, hogy valóban ő a nyertes olyan ideges lett, hogy le kellett ülnie, s a telefont, is erősen meg kellett markolnia, nehogy elejtse. Csak nagy nehezen tudta felfogni azt a rengeteg információt, amit közöltek vele. A legfontosabb az volt, hogy egy megadott időpontban fel kell utaznia a fővárosba, és megkötni a szerződést, illetve hivatalosan is átvennie a nyereményt igazoló okmányokat. Ha most felidézi azokat a napokat, csodálkozva veszi észre, hogy sok mindenre nem is igazán emlékszik. Csak képek villannak fel. ...A férje meglepődött arca, amikor közölte vele a jó hírt, a titkárnő kedvessége, amikor a fővárosba utazott aláírni a papírokat. Az asszisztensek, akik egymás szavába vágva magyarázták neki a programot. Az agyon olvasott útiterv, aminek minden egyes sorát betéve tudta. A barátnői elképedt arckifejezése, amikor megtudták, a „NAGY HÍRT". S a naptár a hűtő ajtaján, ahogy egyesével fogytak rajta a napok az indulást jelző kicsi repülőig.

A szobában enyhe félhomály uralkodik. A bőröndök indulásra készen sorakoznak a fal mellett, a Limuzin is a kapu elé gördült. Még egy – egy puszi a gyerekeknek és egy – egy ölelés, búcsú a férjétől, és indulás. Sosem gondolta volna, hogy ilyen nehéz szívvel tudja csak itt hagyni őket. Néhány napja már ott tartott, hogy lemondja az egész utat. De a családja, és a barátai addig nyaggatták, hogy ilyen lehetősége talán soha többé nem lesz, hogy végül is beadta a derekát. Most mégis legszívesebben feladná, és maradna. Ám jól tudja, ez most már lehetetlen. Túl sokan túl sokat dolgoztak azért, hogy ő most elutazhasson, és részt vehessen egy olyan kalandban, amilyenben eddig még valószínűleg senkinek sem volt része. Az utazásra nem is nagyon emlékszik, csak homályos részleteket tud felidézni, ahogy megérkezik a repülőtérre, átmegy a vámon, felszáll a repülőre, bekapcsolja magát az ülésbe. Újabb repülőtér – átszállás, újabb repülőgép. A repüléstől nagyon félt, és alig várta, hogy újra földet érjenek. Így leginkább alvással, vagy zenehallgatással töltötte az időt, s megpróbálta elfelejteni, milyen magasan vannak. Csak reggel, amikor felébredt, akkor nézett ki az ablakon – gyönyörű ezüstös és hófehér felhőkre emlékszik. Majd a hatalmas repülőtér, ahol a váróterembe lépve a saját nevét hallotta:

- Mrs. Hercegfalvit várják az információnál! Mrs. Hercegfalvi, kérem, fáradjon az információhoz! Köszönöm. – Körbenézett. A hatalmas csarnok, zsúfolásig tele volt emberekkel, de az információs pult világító jelzőtábláját már messziről látni lehetett. Összeszedte a csomagjait, majd határozott léptekkel indult felé. Nagyon megkönnyebbült, amikor meghallotta, hogy várják. Végig azon izgult, hogyan fogja megtalálni azt a valakit, akit érte küldenek, hiszen az itthoniak csak annyit mondtak, valaki elviszi a reptérről a szállására. Azt azonban elfelejtették közölni vele, hogy milyen hatalmas a várócsarnok, és mennyi ember között kellene felismernie azt a valakit, aki érte jött. A pontos program ott lapult a táskájában, de már kívülről tudta az egészet, annyiszor átolvasta. „Végül is, a szálloda címe is rajta van, ha elkerülném a sofőrt, taxival is elmehetek!" – nyugtatgatta magát. „De azért így sokkal jobb, hogy várnak!" – gondolkodott, míg sorra nem került. Letette a csomagját a pult mellé és kissé idegesen nézett a stewardessre.

- Segíthetek? – kérdezte a nő az asztal másik oldaláról.

- Igen, azt hiszem. Az előbb szólítottak. A nevem Helga Hercegfalvi.

- Üdvözlöm, asszonyom! Ez az úr várja! – szólt mosolyogva a hölgy és egy férfira mutatott, aki a pult mási felénél állt, s szemmel láthatóan várt valakire. Amikor Helga megfordult, azt hitte, rosszul lát. Még a lélegzete is elakadt egy pillanatra. Tekintete egy világítóan kék, mosolygós szempáron akadt meg. A szemek egy kellemes megjelenésű magas, sportos férfihoz tartoztak. El kellett telnie néhány pillanatnak, mire tudatosult benne, honnan ismerős ez az igéző tekintet. Olyan zavarba jött, hogy mukkanni sem tudott, de szerencsére a férfi megelőzte.

- Igazán örülök, hogy megismerhetem. Barry Markson vagyok! – mutatkozott be, a férfi mosolyogva. – Jól utazott? - Szerencsére Helgának gyorsan sikerült leküzdenie meglepődését, és zavarát.

- Igen, köszönöm. Bár nagyon nem szeretek repülni. – felelte, miközben elfogadta a felé nyújtott kezet. A férfi érintésétől újra zavarba jött. Meglepődve tapasztalta, hogy mennyire jó érzés kezet fogni vele. Hatalmas tenyerében szinte elveszett az asszony kicsi keze. A férfi kézfogása határozott volt, mégis gyengéd, erőt, és biztonságot sugárzott. Helgának olyan érzése támadt, hogy sosem akarja többé elengedni. S bár sok emberrel fogott már kezet életében, nem emlékezett rá, hogy valaha is ilyen kellemes érzés töltötte volna el első érintésre. Igazi meglepetés volt (bár egyáltalában nem kellemetlen), hogy a színész várta a reptéren. Később, útban a férfi kocsija felé el is mondta, mennyire meglepődött, amikor meglátta Barryt. A férfi jót mosolygott az asszony szavain, de nem árulta el, hogy a meglepetés kölcsönös volt, s neki legalább olyan nem mindennapi volt a helyzet, mint Helgának. Csak neki teljesen más oka volt a csodálkozásra. Igazság szerint nem akart hinni a szemének, mikor az asszony megfordult. A hasonlóság döbbenetes volt. Az első pillanatban csak azt tudta, valahol már látta a nőt, de bele telt némi időbe, mire eszébe jutott, hogy hol. Ám annyira hihetetlennek tűnt az egész, hogy még ő maga sem akarta elhinni. Most azonban nem igen volt ideje ezen rágódni, mert magyarázatot akart adni a nőnek, mit is keres ő itt:

- Úgy volt, hogy az asszisztensünkkel jövök, de Judy autója lerobbant, így meg kell elégednie velem. – magyarázta Barry, s kezdte remélni, hogy a következő pár nap kellemesen fog telni. „Minden esetre a kezdet ígéretes!" – gondolta jókedvűen. Ha őszinte akar lenni magához, kissé neheztelt apjára, amiért rábeszélte erre az őrültségre. Méghogy ő, mint főnyeremény! Fogalma sem volt, mit kezd majd egy vadidegen nővel, aki valahonnan az Isten háta mögül érkezik. Azt sem tudta, beszéli – e a nyelvet, vagy végig tolmácsra lesz szükségük. De legalább nem kell kettesben maradnia vele! Még jó, hogy a programban nem szántak neki túl sok szerepet. Tulajdonképpen most sem kellett volna itt lennie, de annyira kíváncsi volt, hogy ki utazza át miatta a fél világot, hogy felajánlotta Judynak, elkíséri a reptérre. Arra persze nem számított, hogy a lány kocsija áthúzza a számításukat. Mikor Judy felhívta, hogy nem fog kiérni, legszívesebben a földhöz csapta volna a telefonját. Egyáltalán nem úgy tervezte, hogy ő fogadja a nőt. Sőt! Nem is akart találkozni vele addig, míg Judy le nem teszteli. Erre neki kell fogadnia és elvinni a szállodába. „Megölöm Judyt!" – gondolta dühösen. A mai napig nem tudta, hogyan volt képes az apja rávennie, hogy belemenjen ebbe az eszement dologba. Most azonban megkönnyebbülve tapasztalta, hogy vendége elég jól beszél angolul, bár a nyelvtannal van némi gondja, és az akcentusa is elég fura, de nagyon helyes, ahogy beszél. Amúgy egészen kellemes jelenség. Nem túl csinos, és nem is túl fiatal, de első látásra szórakoztató, és kedvesnek is tűnik. Elegáns, és egyáltalán nem mesterkélt. Teljesen természetesen viselkedik, és ez nagyon imponált Barrynek. Jobb is, hogy Judy nem tudott kijönni! Így lesz ideje beszélgetni vele; meg kell ismernie közelebbről! Ki kell derítenie, csak a szeme káprázik – e, vagy tényleg ő az, akit hónapok óta álmában látott. Nagyon hasonlít... - Akkor, talán indulhatnánk is. Segíthetek? – nyúlt az asszony csomagjáért, amit Helga a pult mellé tett. Mire válaszolhatott volna, Barry már a vállára is akasztotta a sporttáskát, és a kerekes bőrönd után nyúlt. Éppen abban a pillanatban fogta meg, amikor az asszony is. Meglepődve néztek egymásra, majd elnevették magukat, és közösen húzták maguk után a csomagot. Barry éppen azt magyarázta a nőnek, hogy nem kell messzire menniük, mert hatalmas szerencséje volt a parkolással, amikor véletlenül nekiment egy idős hölgynek. Fogalma sem volt, honnan került elő, mert mikor megfordult, hogy felszedjék a csomagokat még sehol nem látta, s most, amikor bocsánatot akart kérni, már megint nem volt sehol. Csodálkozva nézett az asszonyra, de pár perc múlva már el is felejtették az egészet.

- Nos, megérkeztünk! – szólalt meg némi hallgatás után Barry, és bekanyarodott egy elegáns, tengerparti ház elé. A csönd az autóban már – már kezdett kínossá válni, mivel az utazás – megérkezés témát már alaposan körbejárták. Helga elmesélte, mennyire fél a repüléstől, és hogy ezelőtt még sosem utazott ilyen messzire, főleg nem repülővel. Igazság szerint ez volt az első repülőútja. Megbeszélték azt is, milyen gyönyörű az idő, és Barry élénken érdeklődött arról, mi az asszony véleménye a neki összeállított programról. Megpróbálta kipuhatolni, mi lenne, ha hagynák a csudába az előírt útitervet, s ő vállalná, hogy kalauzolja vendégét a héten. S úgy mutatja meg Los Angelest, ahogy ő látja. Sőt! Azt is elintézi, hogy ne kelljen az asszonynak azokon a buta hivatalos programokon részt vennie. Elmondta, hogy ismeri a programját, hiszen mielőtt aláírta volna a szerződést, egyeztetett az irodával. „Csak akkor még nem tudtam, hogy te jössz." – tette még hozzá gondolatban. Úgy érezte, belé bújt egy kisördög. Valami láthatatlan erő vonzotta a nőhöz, és egyfolytában azt duruzsolta a fülébe, töltsön minél több időt vendégével. Így támadt az az ötlete, hogy önkéntes idegenvezetőként kalauzolja.

- Ha igent mond, én értesítek minden érintettet, hogy megváltoztattuk a programot. Tudja, a változtatás jogát meghagyták nekem. Persze, lehet, hogy nem egészen így gondolták. Mostmár a döntés csak az ön kezében van. – fejezte be mosolyogva Barry.

- Az ajánlaton Helga egy kissé meglepődött, bár nagyon örült a kérdésnek, hiszen a tervezet szerint csak kétszer találkozott volna a színésszel. Hirtelen azonban nem is tudta, mit válaszoljon. El szabad - e fogadnia egy ilyen önzetlen ajánlatot, le szabad - e foglalnia a férfit egy teljes hétre, (ráadásul úgy, hogy még alig ismerik egymást), és nem sérti – e meg a szerződést, amit otthon aláírt. Természetesen boldogan töltene bármennyi időt vele. És ráadásul egyetlen riporterrel sem kellene találkoznia! Barry nem tudta mire vélni a nő hallgatását, s már kezdte azt hinni, hogy inkább az előre megírt útitervet szeretné követni, csak nem tudja, hogyan mondja ezt meg neki, mikor Helga végre megszólalt, s a férfi nagy örömére beleegyezett a változtatásba. Elmondta, hogy nem azért gondolkodott ilyen sokáig, mert bármi oka is lenne, hogy nemet mondjon, hiszen éppen azért jött, hogy őt megismerhesse, csakhogy nem szeretné megszegni azt a szerződést, amit az utazás előtt aláírattak vele, s amiben vállalja, hogy semmilyen módon nem zaklatja vendéglátóját sem az utazás alatt, sem utána. Barry biztosította, hogy nem veszi zaklatásnak, ha őt választja kísérőjének, s azt is megígérte, hogy garantáltan sok meglepetésben lesz része, ha vele tart. Már – már többet is mondott, de jobbnak látta, ha egyelőre hallgat, s mire észbe kapott volna, már majdnem kellemetlenné vált a csönd. Szerencsére éppen akkor érkeztek meg. A ház, gyönyörű volt. A kőlépcső két oldalán hibiszkusz bokrok sorakoztak egészen a kaputól a bejárati ajtóig. De vajon mit keresnek itt? És Barry miért veszi ki a bőröndöket a csomagtartóból?

- Jöjjön, mutatom az utat! – mondta Barry és előre sietett.

- Valójában most nem a szállodában kellene lennünk? – kérdezte Helga, miközben a férfi után lépegetett a kőlépcsőn.

- Nos, itt az első meglepetés! Nem a szállodában fog lakni, hanem itt velem és apával a vendégszobában. Persze, csak ha nem gond! – tette hozzá sietve, mikor látta vendége arcán a csodálkozást. Valójában maga sem értette, mi van vele. Sosem szokott meggondolatlanul cselekedni. Fogalma sem volt, miért ide hozta az asszonyt. És miért vállalta, hogy kalauzolja egy teljes hétig. Tudta, bárki más őrültségnek tartaná, hogy beenged egy vadidegent a házába, de ebben a pillanatban úgy érezte, bármi más őrültségre is képes lenne. Az a bizonyos kisördög folyamatosan ott duruzsolt a fülében.

- És Mr. Markson mit fog szólni, ha meglátja, hogy itt vagyok? – kérdezte kissé bátortalanul Helga, mert nem akarta, hogy Barry azt higgye, nem akar itt maradni, és csak kifogásokat keres.

- Ó, apa nagyon fog örülni, hogy elfogadta a meghívásunkat. - lódította a férfi, s csak remélni merte, hogy így is lesz. – Most megmutatom a szobáját. Ha kicsomagolt, körbevezetem a házban, ha nem túl fáradt, és nem szeretne inkább pihenni egy kicsit.

- Köszönöm, nem vagyok fáradt. A gépen leginkább aludtam, hogy ne kelljen arra gondolnom, milyen magasan is vagyunk. – felelte szégyenlős mosollyal.

- Most magára hagyom, míg elrendezkedik. Ha valamire szüksége van, csak szóljon! – lépett az ajtóhoz Barry. – Apa is nemsokára megjön, s akkor bemutatom neki. – azzal behúzta maga mögött az ajtót, s fütyörészve indult a konyhába. Maga sem tudta, mitől támadt ilyen jó kedve. Az asszonyra gondolt, és már egyáltalán nem tartotta rossz ötletnek, hogy elvállalta a főnyereményt. Gondolatban felidézte az álomalakot, s megpróbálta összehasonlítani azzal a nővel, aki most a vendégszobában a csomagjait rendezgeti. „Mindketten barnahajúak, zöld szeműek. Körülbelül egyforma magasak is. Mrs. Hercegfalvi körülbelül a vállamig ér. Az álomasszony is olyan magas lehet, bár mikor a tengerparton sétálunk, ő a cipőjét a kezében lóbálta, Mrs. Hercegfalvin pedig magas sarkú cipő van." – töprengett tovább Barry. – „Érdekes, hogy az arca nem túl szép, és nem is mondható csinosnak, mégsem tudok szabadulni attól az érzéstől, hogy meg kell ismernem, és minél többet meg kell tudnom róla."

Helga egyedül maradt a szobában. Még most sem tudta elhinni, hogy mindez valóban vele történik. Ahogy lassan körülnézett Kezdett minden egyre valóságosabbnak tűnni. A falakat kellemes pasztellszínűre festették. A padlót színben hozzáillő vastag puha padlószőnyeg borította. A virágos takaróval díszített ágy két oldalán kecses éjjeli szekrények álltak, mindegyiken egy – egy ízléses lámpa. A szemközti falon kapott helyet a fiókos szekrény és a sarokban a nehéz, kétajtós társa, közvetlenül az ablak mellett. Helga kinézett az ablakon, s a kerítés fölött az óceán hullámait látta. A látvány teljesen lenyűgözte. Mindig is imádta a vizet. Gyermek korában sokat nyaralt vízparton. Nagyon szeretett úszni, bár mióta férjhez ment nem nagyon volt rá lehetősége, hiszen az ő városuk távol esett mindenféle folyótól vagy tótól. Ilyen látványban azonban még sosem volt része. Egyszerre volt félelmetes, és gyönyörű. De most nincs idő ezen gondolkodni, tért vissza a valóságba, hiszen illetlenség sokáig várakoztatni vendéglátóját. Csomagjai ott hevertek az ágyon. Kinyitotta hát a szekrényt és rutinos mozdulatokkal gyorsan kicsomagolt.

Barry éppen a konyhába tartott, hogy készítsen egy kávét, mikor meghallotta az apja kocsiját a ház elé gördülni. Izgatottan várta, hogy beszélhessen vele.

- Szia apa! Vendégünk van! Nem fogod elhinni! Tudod ki az? – sietett a férfi elé Barry, s mielőtt az öreg bármit is mondhatott volna, folytatta – A nő az álmomból! Emlékszel? Pár hete meséltem, hogy gyakran álmodok valakiről. És most itt van! Ő a nyertes! Amikor megláttam a reptéren azt hittem, káprázik a szemem! Bemondattam a nevét, mikor leszállt a gép, és odahívattam az információhoz. Nem is láttam, mikor lépett a pulthoz, csak a stewardess hangjára figyeltem fel, amikor rám mutatott, s közölte vele, hogy én várom. És akkor megfordult! A lélegzetem is elakadt egy pillanatra. Ugyanazok a szemek, a haja, még az illata is ismerősnek tűnt! Mosolygott, de láttam, meglepődött, hogy engem lát. Kedvesen üdvözölt, és el is mondta, hogy nem számított arra, hogy én fogom várni. Annyira zavarba jöttem, hogy alig tudtam pár szót kinyögni, de szerencsére nem vette észre. Ugye nem haragszol, hogy nem a szállodába vittem! Tudom, hogy meg kellett volna beszélnem veled, de muszáj mindent megtudnom róla, amit csak lehet. – hadarta Barry szinte lélegzetvétel nélkül. Dick figyelmesen hallgatta a fiát. Már amikor belépett az ajtón látta, hogy Barry mennyire megváltozott az eltelt pár óra alatt, amióta nem látta. Szemei ragyogtak, az arca sugárzott. Dick, bár örült, hogy fiát végre nevetni látja, kissé aggódott a változás gyorsasága miatt. De egyelőre nem akarta elrontani Barry jókedvét, így csak annyit mondott, hogy természetesen nem szól bele, kit hív meg magához. Titokban azonban nagyon kíváncsian várta a találkozást újdonsült vendégükkel.

- De miért te vártad a reptéren? Nem arról volt szó, hogy Judy megy érte? – jutott eszébe hirtelen az öregnek.

- Judy kocsija lerobbant valahol, s mire a szállítók odaértek, és minden el tudott intézni, rájött, hogy semmiképpen nem ér ki időben. Én csak messziről akartam figyelni őket. A végén mégis nekem kellett fogadni. Először agyon tudtam volna ütni Judyt, de mostmár egyáltalán nem bánom, hogy így történt. – mesélte Barry. – De neki egyelőre nem szólok, had főjön csak egy kicsit a saját levében. – nevetett a férfi, Dick azonban rosszallóan csóválta a fejét.

- Szegény Judy! Igazán megkegyelmezhetnél szegénynek. – kérlelte a fiát az öreg. Beszélgetésüket a telefon csörgése szakította félbe.

- Ne haragudj, fiam, most el kell mennem. Később találkozunk! Tudod mit, vacsorázzunk együtt hármasban! Én főzök! – mondta Dick, miután letette a telefont. Megveregette a férfi vállát és elsietett. Barry csalódottan nézett utána. Azt akarta, hogy az apja megismerje Helgát és elmondja a véleményét. Mert ugyan nem volt már gyerek, az apja véleményére mindig sokat adott. A végtelenségig bízott Dick bölcsességében, éleslátásában és szeretetében. Természetesen nem mindig fogadta el, amit az öreg tanácsolt, jó volt azonban más szemszögből is megvilágítva látni a dolgokat. S most különösen szüksége volt egy objektív szemlélőre, mert bár nagyon boldognak érezte magát, azt azért tudta, hogy kissé meggondolatlanul cselekedett. Dick csalhatatlan ösztönnel érezte meg, kiben lehet bízni, s kimutatja másnak magát, mint ami valójában. Barry örökölte apjának e tulajdonságát, ám azt tudta, hogy most képtelen tiszta fejjel gondolkodni. Rettenetesen rosszul esett neki, hogy Dick faképnél hagyta, mielőtt találkozott volna az asszonnyal. Persze tudta, hogy ha nem lett volna igazán fontos, az öreg kimentette volna magát. Ettől a tudattól azonban nem lett jobb a kedve. Úgy érezte (bár maga is szégyellte), hogy az apja cserbenhagyta. Szerencsére nem maradt sokáig egyedül keserű gondolataival.

- Mr. Markson, remélem, nem várattam túl sokáig? – lépett be a konyhába Helga kizökkentve Barryt borús gondolatiból. – Segíthetek valamit?

- Ó nem, köszönöm... - rezzent össze a férfi. Az asszony felé fordulva egy pillanatra elakadt a szava. Helga az elegáns kék kosztümöt – amiben megérkezett – fehér pólóra és kényelmes farmernadrágra cserélte. A haját fehér gumikkal fogta össze, s a csinos magas sarkú cipő helyett fehér vászoncipőt húzott. Teljesen átalakult, s legalább tíz évvel látszott fiatalabbnak. Barry tetőtől talpig végigmérte az asszonyt, s maga is meglepődött, milyen jóleső érzés volt látnia. Most már teljesen biztos volt a dolgában. Ő azaz asszony, aki miatt oly régóta nem tudott nyugodtan aludni. Ha megjelent álmában azért volt nyugtalan, ha nem akkor azért, mert hiányzott neki. Helga közelebb jött, s Barry felocsúdott, hogy illetlenség így megbámulni valakit. Zavartan kérdezte:

- Mrs. Hercegfalvi, készítettem kávét, tölthetek önnek is? Vagy esetleg mást inna?

- Köszönöm, jó lesz a kávé, és kérem, szólítson Helgának!

- Örömmel! – felelte mosolyogva a férfi, s odanyújtotta a kávéscsészét az asszonynak. Majd remélve, hogy nem bántja meg vele a nőt folytatta:

– Azaz igazság, hogy meglehetősen sokat kellett gyakorolnom a nevét...

- Tudja, Mr. Markson, még otthon is nehezen értik meg, mikor bemutatkozom. Mindig azt hiszik, hogy a település nevét is hozzáteszem, ahonnan jöttem. – nevetett Helga

- Ne haragudj, de ezt most nem értem. – válaszolta Barry – Kénytelen leszel elmagyarázni, de előtte kérlek, hagyd ezt a hivatalos megszólítást. Sokkal jobban örülnék, ha te is a keresztnevemen szólítanál. Rendben?

- Rendben. – felelte a nő, s közben zavartan másfelé nézett.

Miután körbejárták a házat, és Barry mindent aprólékosan megmutatott, a teraszon ültek le beszélgetni. Megállapodtak, hogy nem követik azt a programot, amit Helga hozott magával, hanem közösen találják ki, mit is csináljanak. Barrynek máris van egy – két érdekes ötlete. Persze arra is kíváncsi volt, van – e az asszonynak konkrét kívánsága, van – e olyan dolog, amit mindenképpen látni szeretne. Helga úgy döntött, hogy teljes mértékben rábízza magát a férfira. Barry megígérte, hogy másnap elmennek abba a stúdióba, ahol az ő sorozatukat forgatták, de nem a szokásos turistáknak szóló programot nézik végig, hanem Barry olyan helyekre viszi el őt, ahova másként nem jutna be. Tervezgetés közben észre sem vették, milyen gyorsan repült az idő, mikor Barry véletlenül az órájára nézett:

- Hogy én milyen figyelmetlen vagyok! Biztosan már farkaséhes lehetsz, amióta megjöttél, egy falatot sem ettél! - Igazság szerint, ez eddig a nőben sem tudatosult, hiszen az események olyan meglepő fordulatokkal szolgáltak ittléte röpke pár órája alatt, hogy az olyan egyszerű dolgok, mint például az evés, eszébe sem jutottak.

Ebédelni egy közeli étterembe mentek. Szerencsére nem voltak túl sokan, így azonnal sikerült asztalt kapniuk. Persze ebben az is szerepet játszhatott, hogy ez az étterem volt Barry törzshelye. Ha nem forgatott, szinte mindig itt ebédelt. Remek konyha, kellemes hangulat, családias fogadtatás. Kellhet – e ennél több? A berendezés nem volt túl fényűző, de nagyon kényelmes. És sokkal barátságosabb, mint némelyik előkelő társa. A hatalmas ablakok az óceánra néztek, s nem is takarták el függönyökkel, hogy mindenki kedvére élvezhesse a látványt, ami még borús időben is lenyűgöző volt. Barry kedvenc asztala is az ablak mellett a sarokban volt. Itt, ha akart még szöveget is nyugodtan tudott tanulni, vagy irogathatott is, ha úgy hozta kedve. Néha összefutott egy – egy ismerőssel, de tolakodó idegenektől itt nem kellett tartania. Most azonban egyetlen ismerős arcot sem fedezett fel a vendégek között, aminek már csak azért is örült, mert így nem kellett osztoznia a nő társaságán senkivel. Minél több időt töltöttek együtt, Barry annál határozottabban érezte: a sors akarta, hogy találkozzanak. Sosem volt még ennyire kíváncsi senkire pár órányi ismeretség után. Ezernyi kérdést tudott volna feltenni, s mindenre azonnali választ akart kapni. Azonban tudta, hogy nem szabad túlzásokba esnie. Most elég, ha az ebédre koncentrál. A kérdésre, hogy Helga mit iszik, az asszony, gondolkodás nélkül válaszolta, hogy ásványvizet. Barry kissé csodálkozott, de nem akarta zavarba hozni vendégét a kíváncsiskodásával. Hamarosan úgy is ő jött zavarba, mikor Helga megkérte, hogy rendeljen helyette, mivel ő tudja, hogy mit érdemes itt enni. A férfi rövid gondolkodás után csirkét rendelt, mert szerinte azt mindenki szereti. Nagy örömmel vette tudomásul, hogy remekül eltalálta a nő ízlését. Kissé félt attól, Helga majd csak néhány falat zöldséget lesz hajlandó enni, s akkor ő sem tudja igazán élvezni az ételt. Míg a pincérre vártak, Barry a magyar étkezési szokásokról faggatta Helgát. Sosem gondolta volna, hogy valaha is ételekről beszélgessen valakivel. Tulajdonképpen minden érdekelte, ami a nővel kapcsolatos volt. Megtudta, hogy Helga nem csak enni, hanem főzni is szeret. Elsősorban magyaros ételeket, de élvezettel próbál ki új recepteket is. Étterembe otthon nem sűrűn járnak. Azt inkább meghagyják ünnepi alkalmakra, vagy azokra az esetekre, ha valahova el kell utazniuk. „Illetve, ha valaki randevúra hív - mondta nevetve -, de arra már régóta nem volt példa."

Ebéd után Barry javaslatára a partra mentek sétálni. Mivel már alaposan benne jártak a délutánban, egyikük szerint sem volt értelme meszszebbre elindulni. Így kerestek egy kevésbé forgalmas helyet, közel a házhoz, s letelepedtek az egyik buckára. Nézték a hullámokat, élvezték a szél simogatását az arcukon. A nap hol előbukkant, hol elbújt egy – egy felhő mögé, de ez egyáltalán nem zavarta őket. Egyik kérdés követte a másikat. Szerencséjére Helga nagyon szeretett mesélni, s Barry nagyon jó hallgatóságnak bizonyult. Az asszony mesélt magáról, a családjáról, és persze az országról, ahonnan érkezett. Barry remekül szórakozott, mikor a nő a teljes nevét próbálta meg megtanítani neki. Egy fadarabbal még a homokba is leírta, de Barrynek az sem segített túl sokat. Minduntalan belegabalyodott, s ezért megegyeztek, hogy Helga megkegyelmez neki, és nem ugratja többet. Mókás történeteket mesélt, milyen félreértéseket okozott már a neve. Láthatólag azonban nem csak a férfi volt kíváncsi mindenre, ami a nővel kapcsolatos, hanem fordítva is. Barry nem győzött válaszolni a rengeteg kérdésre, amit Helga tett fel. Az volt a legkellemesebb, hogy egyáltalán nem érezte tolakodónak az asszonyt. Olyan őszinte érdeklődéssel kérdezett, és annyira figyelt a válaszaira, hogy teljesen elbűvölte vele a férfit. Barry nem nagyon volt hozzászokva, hogy a kérdezőt tényleg érdekli is, mit válaszol. Az újságírók sablonos, már előre tudható, felszínes, és sokszor csak botrányt szimatoló kíváncsisága után igazán üdítően hatott rá, hogy a nő tényleg figyel a válaszokra, amit feltett kérdéseire kap. Helga nem fukarkodott a kérdésekkel. Barryt sokszor meglepte, hogy az asszony olyan dolgokra is rákérdez, ami eddig senkit nem érdekelt. Néha bele is gabalyodott a kérdéseibe. A férfi ezen nagyon jól szórakozott, de azért titokban örült, hogy az asszonyt valóban ő, az ember érdekli, és nem csak a hírességet látja benne. Eleinte azt sem értette, miért pont őt választotta, mikor annyi más színészt is megnevezhetett volna. Erre a kérdésre egyszer mindenképpen választ akart kapni. Észre sem vette, és ő is egyre többet mesélt magáról, a családjáról, de legtöbbet az édesapjáról. A sok mókás történeten remekül mulattak. Helga azonban megérezte mögöttük azt a mély, és őszinte szeretetet, amit Barry az apja iránt érzett.

- Tudod, apa sokat dolgozott, de ránk mindig maradt ideje. Rengeteget játszottam az öltözőjében, a jelmezeit próbálgattam, de őt sosem zavarta. Emlékszem, egyszer a testvéreimmel az összes arcfestékét egymásra kentük. Anya csak egy kis időre hagyott minket egyedül apával, de őt közben jelenethez hívták. Mi pedig úgy döntöttünk, hogy kifestőst játszunk. Azt tudtuk, hogy az öltözőből kimenni nem szabad, így ott éreztük jól magunkat. Nekiálltunk sminkelni. Előbb magunkat, ahogy apától láttuk, majd egymást, azután meg mindent, ami a kezünk ügyébe került. Képzelheted, mikor apa belépett!

- Nagyon dühös lehetett! – felelte Helga nevetve.

- Ellenkezőleg! Olyan hangosan kacagott, hogy a fél stúdió összeszaladt! Azután közös erővel próbálták eltüntetni a nyomokat, mielőtt anya visszaért volna. Persze lehetetlen vállalkozás volt. A hajunkat, de még a fülünket is teleszórtuk púderral meg szemfestékkel...

- Izgalmas dolog lehet egy híres színész gyerekének lenni.

- Eleinte, míg kisgyerek vagy, tényleg az. Elvarázsol a sok fényes, csillogó holmi, a filmforgatások semmivel össze nem hasonlítható légköre. De ha felnősz, és azaz áldás, vagy átok – nevezd, ahogy akarod - súlyt, hogy te is ezt a mesterséget választod, hatalmas terhet veszel a nyakadba. Hiszen te vagy a nagy Dick Markson fia! Van, aki már csak azért sem dolgozik veled! Nem kíváncsi arra, ki és mi vagy te. A másik véglet, hogy nem baj, ha cipőkanállal sem lehetne rád erőszakolni a karaktert, annyira kedvezni akarnak az apádnak, hogy mindenáron rád próbálják tukmálni a szerepet; és akkor még a rosszindulatú kollégákról nem is beszéltünk. De azaz igazság, hogy én nagyon szeretek Dick Markson fia lenni. Ő a legcsodosabb ember a világon, akit csak ismerek. Bölcs, jószívű, kedves, remek a humora, és tudom, hogy bármikor és bármiben számíthatok rá! Rengeteget segített. Azt hiszem nincs nála jobb ember és apa a világon, és nagyon remélem, hogy...

Barry nem fejezte be a mondatot, de az asszony pontosan értette, mit akart mondani. Helga meghatódva hallgatta a férfi szavait, s bár még sok – sok kérdése lett volna, nem akarta megzavarni Barryt gondolataiban. A csöndet a telefon csörgése zavarta meg. Rövid beszélgetés után a férfi visszatette a készüléket a zsebébe, és mosolyogva fordult a nőhöz.

- Apa volt. Meghívott estére, vacsorára. Ő főz, és megígértem neki, hogy én leszek a kuktája. Tudod, imád ilyesmivel bíbelődni, és a barátait elkápráztatni főzési tudományával. Addig te lepihenhetsz a szobádban.

- Nem segíthetnék inkább én is? – kérdezte Helga, miközben kezét nyújtotta Barrynek, aki segített neki felállni. Az érintése még mindig zavarba hozta, ezért elhatározta, hogy az udvariasság keretein belül megpróbálja a lehető legtávolabb tartani magát a férfitól.

- Nem, nem! – tiltakozott Barry nevetve. – Ma este te leszel a díszvendég! Neked tilos dolgoznod! – s előre engedte a nőt. – Nyugodtan pihenj csak! Majd időben szólok. Szép álmokat! – búcsúzott az asszonytól a szoba ajtajában. Egy pillanatra megfordult a fejében, hogy megcsókolja az arcát, de azután lemondott róla. Nem akart tolakodónak tűnni. Pedig még csak pár órája ismeri! Legalábbis személyesen. Hiszen az álmaiban már sokszor találkoztak. És Helga pontosan olyan, mint amilyennek ott látta, megismerte, és valljuk be, meg is szerette. Csak most tényleg itt van; vele!..."Vajon apa is annyira kedvesnek fogja találni, mint én? Ezt a vacsorát is azért találta ki, hogy jól megnézze magának!" – gondolkodott tovább Barry, míg az apjára várt. S valóban Dick is igencsak kíváncsi volt, milyen lehet az a nő, aki röpke pár óra alatt elvarázsolja a fiát. S csak reménykedni tudott abban, hogy Barryt nem hagyta cserben híres emberismerete. De a vacsora alatt neki is lesz ideje alaposan megfigyelni a nőt. Nagyon bízott benne, hogy nem kell kiábrándítania a fiát. Ám ha mégis, akkor még inkább most az elején, mint mikor már esetleg túl késő lenne.

- Hahó, jó reggelt! A vacsora tálalva, a gyertyák meggyújtva! – kopogott Barry Helga szobájának ajtaján néhány óra múlva. Azonban válasz nem érkezett. Lenyomta a kilincset, s belépett a szobába. Az asszony békésen aludt, fején egy fejhallatóval, ami egy hordozható CD lejátszóhoz csatlakozott. A készülék folyamatos lejátszásra volt állítva. Barry óvatosan leemelte a fejhallgatót, és belehallgatott. Az éjjeli szekrényen egy tartóban még több lemezt is talált. „Valaki nagyon szerethet zenét hallgatni!" – gondolta, majd az asszony fölé hajolt, és gyengéden ébresztgetni kezdte.

- Sajnálom, hogy így elaludtam! – mondta Helga, mikor rájött, milyen késő van. – Egy perc, és máris jövök.

- Azért nem kell annyira sietned! Mondtam, hogy időben fogok szólni.

21

– nyugtatta meg Barry, s már indult is kifelé a szobából, mikor az asszony megállította

- És tényleg nem haragszik a papád, hogy itt vagyok?

- Ha nekem nem hiszed, majd meglátod, a saját szemeddel! – nevetett Barry. – Ne félj, ha meg akarna enni, ígérem, megvédelek! – simította végig a nő karját, és behúzta maga mögött az ajtót.

Az este a vártnál jobban sikerült. Barrynek még a szája is tátva maradt, mikor a nő megjelent az ajtóban. Kék selyemruhát viselt, a haja lágyan omlott a vállára. Leheletnyi festékkel kiemelte a szemét és a száját. Bátortalanul mosolygott. Barry elésietett, a karját nyújtotta, és bevezette a szobába. Érkezésére Dick is felállt.

- Apa! Engedd meg, hogy bemutassam Helga Hercegfalvit. Helga, ő itt az apám! – a kötelező kézfogás után helyet foglaltak. A vacsora kellemes hangulatban telt. Dick minden fogást felkonferált, s részletesen elmagyarázta, hogyan készült. Barry eleinte megpróbálta erről lebeszélni, ám hamarosan kiderült, ez reménytelen kísérlet. Ráadásul Helga még adta is alá a lovat. Pontosan tudni akart minden apró fortélyt, hiszen ő is szenvedélyesen szeret főzni. Ekkor már Barry tudta, az asszonynak tökéletesen sikerült levennie az apját a lábáról. Bár egy pillanatig úgy tűnt, baj lesz. Hiába kínálták finomabbnál finomabb borokkal, ő meg sem kóstolta. A férfiak nagy meglepetésére az asszony elmondta, hogy sosem iszik alkohol tartalmú italt. Egyszerűen nem szereti. És tényleg, Barry emlékezett rá, hogy Helga az ebédhez is ásványvizet kért. Kicsit szégyenlősen, ugyan, de elmondta, hogy egyáltalán nem ért sem a borokhoz, sem a rövid italokhoz, sem semmilyen hasonló nedűhöz. Elmesélte, hogy nála otthon sincsen semmilyen alkohol. Az ismerősei így szokták meg, és el is fogadták. Kávét bezzeg bárki és bármikor kérhet tőle. Így a társalgás a főzésről – Barry nagy megkönnyebbülésére – az asszonyra terelődött. Dicket minden nagyon érdekelt, ami a nővel kapcsolatos volt, s ennek nem csak az volt az oka, hogy fia hallgatólagos beleegyezésével bár, de minél alaposabban meg akarta ismerni vendégüket; hanem az is, hogy Helga olyan messziről érkezett, és annyi érdekeset tudott mesélni, hogy a férfiak valóban élvezettel hallgatták. Szívesen válaszolt minden kérdésre, és azokból tényleg nem volt hiány. Barry megemlítette, hogy belehallgatott abba a CD – be, ami Helga lejátszójában szólt, és hogy tetszett neki. Dick megkérte a nőt, hogy hozza ki a lemezt, s játsszák le, miközben megisszák a vacsora utáni kávéjukat. Helga szívesen tett eleget a kérésnek és megígérte Dicknek, hogy egyszer a többi zenét is megmutatja, amit hozott. Sőt! Barry nagy csodálkozására abban is megegyeztek, hogy Helga az egyik nap főzni fog nekik. „Pedig apa sosem enged be a konyhájába senkit! Úgy látszik, Helga átment a vizsgán!" – villant át Barry agyán a gondolat, s ettől a felismeréstől határtalan jókedve kerekedett. Még arra is hajlandó volt, hogy aktívan részt vegyen a vacsora romjainak az eltüntetésében. Helga is segíteni akart, de Dick határozottan viszszautasította, mondván, a vendég, az vendég. Majd, ha ő főz, mosogathat eleget, most pihenjen, vagy ha kedve van, vegye elő az ígért zenéket. Míg a nő a szobájába ment, Barry izgatottan faggatta az apját, mi a véleménye az asszonyról. Dick elgondolkodva nézett a fiára. Arca nem árulta el gondolatait. A csend, ami közéjük telepedett, kezdett vészjóslóvá válni, s Barry egyre idegesebben rágcsálta a szája szélét. Végül is Dick megsajnálta a fiát, s csibészesen elmosolyodott:

- Azt hiszem, gratulálnom kell! – mondta nevetve. Barry akkorát sóhajtott, hogy a szalvéták meglebbentek az asztalon. Az este hátralevő részében már nem volt alkalmuk bizalmasan beszélgetni. A zenehallgatás kissé elhúzódott. Mire észrevették, már jócskán elmúlt éjfél. Dick arra hivatkozva, hogy másnap korán kell kelnie jóéjszakát kívánt, és elment lefeküdni. Barrynek tulajdonképpen még nagyon nagy kedve lett volna tovább beszélgetni Helgával, de látta, hogy (bár próbálta titkolni) nagyon fáradt már. Így elkísérte a szobájáig, és miután elköszöntek egymástól, visszaballagott, és kiült a teraszra. Nézte az óceánt, a csillagokat, és gondolatai cikáztak... Ezen az éjszakán nem sokat aludt.

- Akármit is készítettél, apa, remek az illata! – kiáltotta jókedvűen Barry, amint reggel belépett a konyhába. Legnagyobb meglepetésére nem az apja állt a tűzhely mellett, hanem Helga. Csodásan festett. A haját lófarokba kötötte. Fehér nadrágot, és rövid ujjú halványkék blúzt viselt, és fehér vászoncipőt- Barrynek feltűnt, hogy milyen jól áll neki a kék szín. Egyáltalán nem látszott fáradtnak. A szemei csak úgy ragyogtak, mikor ránézett. A leheletnyi kék festék kiemelte a szeme színét.

- Jó reggelt! – köszönt mosolyogva Helga, egyik kezében a kávéskancsót, másikban a narancsleves flakont tartva. – Kávét, narancslevet, esetleg teát parancsol, uram? – kérdezte jókedvűen, s remekül szórakozott, Barry meglepődött arckifejezésén.

- Neked is jó reggelt! Apa hol van? – érdeklődött Barry kissé sután, majd hozzátette – Kávét kérek,... köszönöm.

- Mr. Markson kiment az újságokért. – felelte Helga, és forró kávét töltött a férfi poharába. – Remélem, szereted a rántottát! – fordult Barry felé újra, miután az asztalra tette a kávéskannát, s abban a pillanatban játékosan rá is csapott a férfi kezére, mikor az egy falatka kolbászt csent a serpenyőből.

- Szervusz, fiam! Érzed ezeket az isteni illatokat? – lépett be az ajtón Dick. – Kolbászos rántotta! – mondta elragadtatva.

- Mr. Markson, megkérhetném, hogy segítsen tálalni. Nem jó, ha kihűl. - Fordult most Helga Dickhez, mivel Barry már nyakig belemerült az újságokba. Vendég ide, vendég oda, a berögzült szokásokat nehéz levetkőzni.

- Apa, Helga! Mi a csudáért nem hagyjátok abba a magázódást? Igaz, hogy apa szereti a nyelvtörőket, de szerintem, a neved még neki is komoly próba!– nézett fel az újságból Barry, majd hirtelen csibészes mosoly jelent meg az arcán. Lecsapta az újságot, s még mielőtt bárki megkérdezhette volna, mire készül, így szólt: – Tessék! Igyatok pertut! – s azzal egy – egy pohár narancslevet nyomott a kezükbe. Helga nagyon zavarba jött, de mikor Dickre nézett, a férfi kedvesen bólintott, s ezzel fel is oldotta az asszony zavarát. Mosolyogva koccintott az idős férfival, majd kart – karba öltve ittak egy kortyot. Ám amikor megpuszilták egymást, Barry sietve hozzátette:

- Hiszen még mi sem ittunk pertut! – s már nyúlt is a narancslé után.

- Hát rendben, gyere fiam! – emelte poharát Barry felé Dick. Barry méltatlankodva nézett az apjára, mire az asszonyból kitört a nevetés. Dick ártatlan arccal fordult a nő felé, mint akinek fogalma sincs, mi olyan vicces. Helga szeméből a könnyek potyogtak olyan jót nevetett apa és fia rögtönzött műsorán. Barryt azonban nem lehetett eltántorítani. Töltött magának is narancslevet, és Helga felé nyújtotta poharát.

- Hát, jó! – adta be a derekát a nő. – Szervusz!...De most már tényleg asztalhoz! – noszogatta a férfiakat. S hangos méltatlankodása volt hivatott eltitkolni, mennyire felzaklatta a férfi közelsége, mikor Barry megcsókolta az arcát a koccintás után. „Szerencsére sem Dick, sem Barry nem vettek észre semmit!" – nyugtatgatta magát, s nagyon remélte, hogy tényleg így is van.

- Mi a tervetek mára? – kérdezte Dick a fiát, mert előző este Barry elmesélte neki, hogy Helgával közösen úgy döntöttek, nem követik az útitervet. Barry arra is megkérte az apját, segítsen lemondani a kötelező programokat. Dick némi gondolkodás után beleegyezett. Ő is látta a forgatókönyvet, s igazság szerint előre sajnálta szegény nőt, hogy ilyen unalmas nyaralást állítottak össze neki.

- Megmutatom Helgának a stúdiót. Velünk tudsz jönni? – válaszolta Barry és egy újabb falat rántottát kebelezett be élvezettel.

- Sajnos, nem. Dolgom van, de ti érezzétek jól magatokat! A változtatás miatt ne izguljatok! Azt is elintézem! Köszönöm a reggelit! Isteni volt! – állt fel az asztaltól a férfi. Majd mielőtt elindult, jelentőségteljesen a fiára nézett, és csak ennyit mondott: - Estére találkozunk!

Út közben a stúdió felé Barry a tükörből figyelte úti társát, s látta, hogy Helga nagyon élvezi az autózást. Behunyta a szemét, arcát a szélnek fordította, s hagyta, hogy az simogassa az arcát, fújja a haját. Még a hajgumit is kivette, hogy a szél minél jobban össze tudja kuszálni tincseit.

- Arra gondoltam, - szólalt meg Barry, rövid idő múlva – hogy nem azon az útvonalon megyünk, amerre a turistákat engedik, hanem olyan helyekre viszlek el, ahová csak mi mehetünk. De, ha akarod, részt vehetünk a látogatóknak készített műsorokon is. – tette hozzá gyorsan. Az asszony azonban, egyetértően bólintott.

A stúdió hatalmas területen feküdt. Barry leparkolt a színészek számára fenntartott parkolóban, majd átültek egy kisautóba, ami nagyon hasonlított azokra a kis golfautókra, amit Helga már sokszor látott a filmekben. Először Judyt keresték meg a stúdió központjában. Valószínű, hogy Barry értesítette az érkezésükről, mert már az ajtóban várta őket. Kedves, 35 év körüli nő volt, nagy őzbarna szemekkel. Vékony nyári anyagból készült világos nadrágot, és halványrózsaszín rövid ujjú blúzt viselt, hozzá a nadrág anyagából készült mellényt. Hullámos barna haját hasonló színű hajpánttal fogta hátra. Kinyitotta előttük az ajtót, és bűnbánó arccal nézett Barryre. Őszinte sajnálatát fejezte ki, amiért nem tudott kimenni a repülőtérre. A férfi eleinte nagyon komoly arccal nézett, de szeme huncut csillogásából látni lehetett, hogy nem haragszik igazán. Persze, egy napja még meg tudta volna fojtani. Bemutatta a két nőt egymásnak, majd együtt indultak körbejárni az épületet. Tulajdonképpen itt nem volt túl sok látnivaló. Irodák, ameddig csak a szem ellátott. Modern felszerelés, hatalmas üveg ablakok, számítógépek és telefonok. Helga azt hitte, Judy egész nap velük lesz, és ezt meg is kérdezte Barrytől, amíg a lány beszaladt az egyik irodába valamiért. A férfi meglepődve nézett az asszonyra:

- Miért, azt szeretnéd, ha velünk jönne? – kérdezte kissé csalódottan.

- Nem, egyáltalán nem szeretném! – válaszolta gyorsan Helga. – Csak azt hittem, neked dolgod van, s addig ő lesz a kísérőm. Vagyis most már nem is tudom, miért kérdeztem. – s valóban úgy gondolta, jobb lett volna, ha csendben marad.

- Tessék, a belépőkártya! – lépett ki az iroda ajtaján Judy, mielőtt Barry bármit is válaszolhatott volna. Átvette a kártyát Judytól, és az asszony blúzára tűzte.

- Tudod, ezzel bárhova beengednek külön engedély nélkül. Nekem is hasonló van. A tiéd egyedül nem érvényes, csak ha velem vagy. – magyarázta Barry, s közben elővette a saját kártyáját. – Köszönöm Judy! Akkor, ahogy megbeszéltük. – nézett jelentőségteljesen a lányra. Judy bólintott, és visszasietett az irodájába. – Nos, van valami, amit mindenképpen látni szeretnél? – kérdezte, s míg Helga válaszolt a saját kártyáját is feltűzte a zakójára.

- Tulajdonképpen minden érdekel. Tudod, fiatal koromban sokat jártam színházba, de nem csak nézőként. Sok időt töltöttem a színpad mögött. Akkor is nagyon szerettem nézni, ahogy az előadás közben a háttérben hogy dolgoznak a műszakiak. De a legjobban az tetszett, mikor bementünk az öltözőbe, és közelről láthattam a színésznők ruháit. Valószínűleg ez abból adódik, hogy nő vagyok. De érdekel a díszletkészítés, és még sok minden. Gondolom egy film elkészítése sokkal összetettebb feladat, mint egy színházi produkció. Persze ezzel nem azt akarom mondani, hogy a színházak munkája nem érdekes, csak azt már úgy – ahogy ismerem. Jaj, érted, mit akarok mondani... - nézett kétségbeesve a férfira, mert nem volt biztos benne, hogy nem mondott valami félreérthetőt.

- Igen, értem. – karolt belé a férfi, és az autóhoz kísérte. – Akkor bekukkantunk a díszletgyártásba, megnézzük, dolgoznak – e a vágók, s ha éppen van üres helyszín, egy kamerát is kipróbálhatsz. A végén pedig beugrunk az egyik ruharaktárba. Rendben? – sorolta Barry, miközben maguk mögött hagyták az irodaépületet, s meg sem álltak egy hatalmas csarnokig. Az épületben nagy volt a sürgés – forgás. Szürke egyenruhás emberek dolgoztak itt, mindenkinek a ruháján a stúdió logója díszelgett. Tulajdonképpen nem sokban különbözött attól a díszletműhelytől, amit otthon a színház telephelyén látott, csak itt minden sokkal – sokkal nagyobb volt, és megszámlálhatatlanul sokan dolgoztak. Barry elmesélte, hogy a legtöbb produkciónak megvan a maga stábja, akivel dolgoztat.
- A mi díszleteinket is itt gyártották. – mutatott körbe.
- És mi történik azokkal a díszletekkel, amik már lejátszottak?
- Szétszedik, átalakítják, vagy ha annyira jellegzetes, hogy nem lehet máshol felhasználni, akkor megsemmisítik. Vannak olyan díszletek, amiket nem csak egy filmben alkalmaznak változtatás nélkül. Ilyen például, amikor legyártanak egy – egy város jellegzetes részletét, vagy egy olyan általánosabb helyszínt, ami nyugodtan beilleszthető egy másik filmbe is éppen a jellegtelenségénél fogva. Mondjuk, felállítanak egy vadnyugati utcát, azt több helyen is el lehet sütni, feltéve, ha nem robbantják fel, vagy égetik porrá. Mivel nem mindig éri meg külső helyszínen forgatni, inkább ezeket a helyeket használják. Van is egy ötletem, mutatok valamit, kíváncsi vagyok, emlékeztet – e valamire. – támadt hirtelen egy ötlete Barrynek, és maga után húzta a nőt. Átmentek egy csomó épületen, mindenféle berendezett helyszínen, ahol javában folyt a munka, és bár Helga szívesen bámészkodott volna egy keveset, Barry tovább száguldott. Végül benyitottak egy teljesen hétköznapinak tűnő épületbe, ami belülről már cseppet sem volt hétköznapi. Mintha az Amazonas őserdeiben járnának. Igazi dzsungellé varázsolták a stúdiót. Bár az asszony sosem járt még a dzsungelben, a szagok, a fények, még a hőség is hitelesnek tűnt.
- Fantasztikus! Mintha a Jurassic Parkban járnánk! Remélem, azért nem kapunk a nyakunkba egy igazi vihart! – ámuldozott Helga. - Azért, ugye nincsenek igazi állatok? – kérdezte nevetve, de mielőtt Barry bármit is válaszolhatott volna, hatalmasat sikított, és csak kevésen múlt, hogy nem esett össze ijedtében. Barry épphogy elbírta kapni.

- Mi történt? – kérdezte csodálkozva a férfi a félájult nőtől. Helga remegve válaszolta:

- Egy óriáskígyó… - Barry abba az irányban nézett, amerre Helga mutatott, s akkor vette észre, hogy egy idétlenül vigyorgó kellékes egy hatalmas mű kígyót lógatott le az egyik fáról. Barry néhány keresetlen szóval elküldte. A fiú bűnbánó arccal elsomfordált, maga után húzva a műanyag szörnyet. Barry keresett egy széket, és leültette a még mindig remegő nőt. Valaki még egy pohár vizet is hozott, hogy hamarabb sikerüljön megnyugodnia.

- Borzasztóan szégyenlem, hogy ekkorát sikítottam, de iszonyúan félek a kígyóktól. – magyarázta Barrynek még mindig kissé remegő hangon, és úgy szorította a férfi kezét, hogy annak már lassan fehéredni kezdtek az ujjai. Barry elé guggolt, és mosolyogva próbálta nyugtatni:

- Nem kell mentegetőznöd! Én is utálom ezeket az állatokat. Az én hibám, hogy ide hoztalak. Tudhattam volna, hogy valamelyik idiótának támad valami hasonló ötlete. Esküszöm, olyanok, mint a gyerekek. Gondolhatod, hogy a színészekkel sem bánnak kesztyűs kézzel. Ha valaki kivívja a haragjukat, annak úgy pokollá teszik az életét, hogy egy életre megtanulja, hogy a stábbal nem lehet szembeszállni. És az egészet úgy csinálják, hogy senkire ne lehessen rábizonyítani semmit. S amíg az a bizonyos színész bocsánatot nem kér, nem lehet egy nyugodt perce sem.

- Erről tudnék mesélni én is. Az ismerősöm, aki a színházban dolgozott, sokat mesélt arról, hogy milyen átveréseket eszeltek ki egymás, és a színészek ellen, de ők sosem bosszúból tették. Vagy legalább is ritkán bosszúból. Náluk, ha valakit átvert a műszak, akkor az a színész tudhatta, hogy szeretik. Imádtam ezeket a sztorikat. – emlékezett mosolyogva Helga, s érezte, ahogy a feszültsége szép lassan elmúlik. Barry is megérezhette, mert már nem szorította olyan erővel a kezét, mint néhány perccel ezelőtt. Sőt! Úgy látszik, most kezd tudatosodni Helgában, hogy eddig végig Barrybe kapaszkodott. Zavartan engedte el, s egy pillanatra el is pirult. Barry legszívesebben megcsókolta volna. Ebben a percben olyan volt, mint egy ijedt kisgyerek. – Ha úgy gondolod, mehetünk – mondta halkan. Barry felsegítette a székről, és belékarolva kisétáltak az épületből.

- Gyere, megnézzük van – e olyan színpad, ahol most éppen nincs senki, vagy inkább egy városrészletre lennél kíváncsi, amiről az előbb beszéltünk? – próbálta túlharsogni az óriási hangzavart a férfi, amit egy mellettük eldübörgő teherautó keltett.

- Inkább a színpadot nézném meg. – kiabálta Helga, s meglehetősen megkönnyebbült, mikor maguk mögött hagyták az épületet.

Némi kérdezősködés után Barry elvitte Helgát a stúdiónak egy olyan csöndesebb részére, ahol már álltak a díszletek a másnapi forgatásra, de csak a technikusok voltak benn. Éppen a világítást próbálták, a színészeknek szabadnapjuk volt. Az operatőrök közül sikerült találni egy kedves fickót, aki megmutatott Helgának egy kamerát közelről. Sőt! Még egy próbafelvételt is készíthetett. Barryt filmezte, aki egy monológot adott elő, majd közösen próbáltak egy jelenetet összehozni. Nagyon mókás volt. Barry megpróbálta rábeszélni az asszonyt, hogy énekeljenek együtt valamit, és táncoljanak hozzá. Sem kérés, sem rimánkodás nem hatotta meg a nő szívét. Hiába nevezte Barry keményszívű boszorkánynak, semmivel sem bírta elérni, hogy énekeljen. De akkor új ötlete támadt. Talált egy digitális fényképezőgépet, és rávette az asszonyt, hogy készítsenek fotókat. Matt, a fiatal operatőr szívesen kattogtatta a gépet, míg ők különféle beállításokat találtak ki. Barrynek remek ötletei voltak, s Matt is nagyon kreatívan segédkezett. Megígérte, hogy a felvételeket lementi egy lemezre, és később kiválogathatják, mi kell belőle, és azokból készíttet képeket. Megköszönték a közreműködését, és tovább indultak.

A vágószobában egy romantikus film utómunkái folytak. A szereplők nem voltak ismerősek az asszonynak. Mégis érdeklődve nézte, hogyan dolgozik a fiatalember az asztalnál. Kockáról kockára nézte át a felvett anyagot, és számítógépes programokkal javítgatta a felvett anyag hibáit. Helgát lenyűgözte a munka aprólékossága. Tulajdonképpen, ha jól belegondol, egyszerre nagyon érdekes, és unalmas is. Érdekes, mert ezeken az embereken múlik, hogy a sok hetes – hónapos forgatás után mit látnak a nézők a filmvásznon. És unalmas, mert egész nap bezárva ülnek egy szobában. „Ha jól belegondolok, én nem lennék képes az egész életemet egy ilyen szobában leélni. Még akkor sem, ha tudnám, hogy én láthatom először ezt, vagy azt a filmet." Persze, ezt már csak akkor mesélte el a férfinak, amikor maguk mögött hagyták a vágószobák csöndes folyosóit. Barry teljes mértékben egyetértett a nővel. Imádott filmet forgatni, az első perctől az utolsóig élvezte a munkát, de a vágás sosem tartozott a kedvencei közé. Szerencsére neki nem sokszor kellett foglalkoznia vele. Milyen érdekes, hogy eddig sosem fogalmazta meg magának, miért nem vonzódik ehhez a helyhez, s egy kívülálló világít rá...Ráadásul, a színpadi mókázás után még sokkal unalmasabbnak tűnt, mint máskor. Beültek a kisautóba, míg Mattre vártak Érdekes, hogy Helga eddig egyszer sem kérdezett rá, hogy találkoznak – e valaki híres emberrel. Mások már biztosan lerágták volna a fülét...

- Mond csak, nem szeretnél találkozni valamelyik neves kollégámmal? – kérdezte Barry az asszonyt, mikor idáig jutott gondolataival.

- Miért akarnék? – kérdezte meglepődve Helga – Ha mást akartam volna megismerni, nem a te nevedet írtam volna a játékszelvényre.

- Tényleg, ha már itt tartunk – kapott az alkalmon a férfi, már azóta furdalja az oldalamat a kíváncsiság, amióta megkerestek a szervezők, hogy miért pont én vagyok, akivel találkozni akartál?

- Nem is tudom... - gondolkodott el a válaszon a nő. Az igazat nem mondhatta meg, hiszen még magának sem merte bevallani. – Valószínű, hogy azért, mert olyan kedvesnek tűntél a filmben. Nem tudok rá pontos választ adni. Amikor ehhez a kérdéshez értem, a te neved volt az első, ami eszembe jutott, és egyszer sem éreztem úgy, hogy valaki mást kellett volna megneveznem. Tudod, ez egyszer már megtörtént velem. Még tini koromban az volt az álmom, hogy megismerkedem egy színésszel a színházunkból. És a barátnőim elintézték nekem. Anélkül, hogy megkértem volna őket erre. Meghívták a szülinapi bulimra. Igaz, nem volt nagy buli, csak páran lányok elmentünk egy kávézóba megenni egy sütit, és ők odahívták. Nagyon örültem neki. Akkor még nagy szó volt, hogy egy igazi színészt ismerek. De miután olyan emberek közé kerültem, akik ott dolgoztak a színházban, és nap, mint nap bejártam hozzájuk, már nem volt túl érdekes. Rájöttem, hogy a színészek is ugyanolyan emberek, mint bárki más, csak a felhajtás nagyobb körülöttük. Ráadásul van, aki meg sem érdemli a ráirányult figyelmet. Te azonban más vagy. Hogy miért, azt nem tudom megmondani. Te a számomra nem egy színész vagy a sok közül, hanem egy nagyon kedves ember, és nagyon örülök, hogy megismertelek. És volt még valami, ami nagyon tetszett a filmben. Az, ahogy egymásra néztetek Dickkel. Tudom, hogy akkor szerepet játszottatok, de a tekinteteteket nagyon is őszintének éreztem. Imádtalak benne téged is, és Dicket is. – Barryt nagyon meghatották a nő szavai. Sok mindenre számított, de ilyen őszinte és meglepő válaszra nem. Helga azonban nem tudta mire vélni a férfi hallgatását, és félénken kérdezte

- Most megbántottalak? Igazán nem volt szándékos! Sajnos rossz szokásom, hogy hamarabb jár a szám, mint az eszem, és sokszor mondok olyat, amit nem kellene. Kérlek, ne haragudj, ha valami bántót mondtam. – mentegetőzött, de Barry a szájára tette az ujját, s némi gondolkodás után így szólt:

- Annyira örülök annak, hogy ezt elmondtad. Egyáltalán nem bántottál meg, sőt... - a mondatot azonban nem tudta befejezni, mert Matt lépett oda hozzájuk az elkészült lemezzel, amin a fotók voltak. Megköszönték a segítségét, és elbúcsúztak a férfitől.

- Gyere, menjünk ebédelni! – fogta meg Helga kezét Barry, és elindult a turistáknak kijelölt terület felé. – Imádok gyorskaját enni. Ugye te is szereted? – s a választ meg sem várva folytatta – mit kérsz: hamburgert, hot – dogot?

- Azt, amit te – válaszolta a nő nevetve, mert tudta, Barry mennyire szeret enni. – Csak ne legyen túl forró, vagy erős. Tudom, hogy ti szeretitek a csípős ételeket. Egyébként is elég meleg van. Lehet, hogy én inkább csak iszom valamit.

- Azt már nem! – fordult felé a férfi tettetett felháborodással – Tessék rendesen enni, hosszú nap áll még előttünk, s ki tudja, mikor tudunk vacsorázni. – „Sőt! Ha tudnád, hogy mit tervezetem neked estére, lehet, hogy egy falat sem menne le a torkodon" – gondolta Barry – „De azok után, amit az előbb mondott, lehet, hogy nem is fog örülni a meglepetésnek." – töprengett magában, de hangosan csak ennyit mondott: – Nos, ha rám bízod magad, akkor együnk hot – dogot sült krumplival, ketchuppal és valami salátával. És egy nagy pohár,...mit is

- Kólát? – kérdezte az eladó.

- Remek! Kérünk két óriás kólát! – felelte Barry. Mikor megkapták, amit kértek, egy padra telepedtek. Nézték az embereket, a sok színes díszletet, s Barry is úgy érezte, mintha most látná először mindezt. Kedve lett volna egész nap itt ücsörögni és bámulni ezt a sokszínű kavalkádot. Csak remélni merte, hogy az asszony is olyan jól érzi magát, mint ő. Titokban fürkészni kezdte az arcát. Kissé fáradtnak, de jókedvűnek látszott. Jóízűen majszolta a hot – dogját. Mikor észrevette, hogy Barry figyeli, vidáman rákacsintott, és a férfi felé emelte az óriás – kólás poharat.

- Még egy dolgot szeretnék megmutatni neked ma. Persze, csak ha van még elég erőd, egy kis nézelődéshez. Megnézzük az egyik ruharaktárunkat. – visszasétáltak a kisautóhoz, közben Barry megígérte, hogy másnap valami különleges helyre viszi ebédelni. Helga biztosította a férfit, hogy a mostani ebéddel is nagyon meg volt elégedve. De a kíváncsiság csak furdalta az oldalát, s rákérdezett, mégis mit tervez a férfi.

- Mit szeretnél inkább: kínait, vagy mexikóit?

- Fogalmam sincs. – vágta rá a nő. Barry annyira meglepődött a válaszon, hogy hirtelen még a fékbe is beletaposott.

- Ezt hogy érted? – kérdezte meglepődve.

- Ne haragudj, de még sosem ettem sem kínai, sem mexikói ételt.

- Nálatok nincsenek ilyen éttermek? – fordult felé meglepődve Barry.

- Dehogynem, - nevetett a nő. – Csak még nem volt bátorságom kipróbálni. Nálunk egyébként sem szokás olyan sűrűn étterembe járni, mint itt. Mi a férjemmel csak a házassági évfordulónkon szoktunk vendéglőben enni, és ha nagyritkán elutazunk valahova. Akkor is általában a magyaros ételeket részesítjük előnyben. Kivétel ez alól a görög étterem. De, ha van kedved bevezetni a két konyha rejtelmeibe, állok elébe. Csak arra kérlek, lehetőleg ne a legextrémebb ételekkel kezdjük!

- O.K. Akkor holnap mexikóiba megyünk, és valamelyik nap, pedig kínaiba. – döntött a férfi. Idő közben céljukhoz értek.

- A ruharaktár egy egyszintes szürke épületben volt. A raktáros, Mrs. Wolf, kedves, idős hölgy, ezüstszürke konttyal, pirospozsgás mosolygós arccal, ezüstkeretes szemüvegével pontosan úgy nézett ki, mint amilyennek Helga a jó tündéreket képzelte el gyerekkorában. Csak a selyemruha és a varázspálca hiányzott. Az öreg hölgy olyan büszkén mutatta meg birodalmát, mintha ő viselte volna valaha az összes ruhát. Szinte mindegyik darabról tudott egy – egy történetet. Helga és Barry mosolyogva hallgatták, s néha cinkosan összekacsintottak a hölgy háta mögött. A látogatás kicsit hosszabbra sikerült, mint azt a férfi tervezte. Bár igazán nem lehet ráfogni, hogy a világ legérdekesebb túráján vettek részt, láthatóan Helga élvezte. Barrynek egy idő múlva már nagyon mehetnéke volt, de nem akarta Helga kedvét szegni. Látta, hogy az asszony milyen érdeklődéssel nézegeti a ruhákat. Sokszor, talán nem is hallotta kísérőjük szavait. Titokban az órájára pillantott, ám a mozdulat nem kerülte el vendége figyelmét. Helga ránézett, és bocsánatkérően mosolygott, majd bólintott, jelezve, hogy indulhatnak.

- Hát, Mrs. Wolf, nagyon köszönjük a kedvességét... - szakította félbe az öreg hölgyet Barry a kelleténél talán kissé határozottabban. Általában nem szokott közbevágni, ha valaki beszél, ám az idős asszony, mintha sosem akarná abbahagyni, csak mesélt, és mesélt, így Barry kénytelen volt kissé udvariatlanul megállítani Mrs. Wolf információáradatát. Őt azonban nem olyan fából faragták, hogy csak úgy hagyja magát elhallgattatni:

- Csak nem indulni akarnak máris?! Hiszen, még egyetlen ruhát sem próbált fel! – szólt méltatlankodva.

- Félre értett, Mrs. Wolf! – nevetett Barry – a hölgy nem színésznő. Ő az én vendégem, és megmutatom neki a stúdiót, többek között a ruharaktárak egyikét is.

- Na és! – kérte ki magának az öreg hölgy. – Attól még felpróbálhat egyet – kettőt. Majd én választok. – mondta, s azzal már el is tűnt a sorok között. Helga zavartan nézett Barryre:

- Nem bánod? – kérdezte a férfitól, de az csak legyintett mosolyogva:

- Had legyen meg az öröme! – egyezett bele, s keresett egy széket, amire leülhetnek, míg várnak. Hamarosan egy kiskocsi nyikorgó kerekeit hallották, s mögötte feltűnt Mrs. Wolf. A kocsira három, vagy négy ruha volt gondosan ráterítve a hozzájuk illő kiegészítőkkel. Helga és Barry pajkosan egymásra kacsintottak, majd Helga a férfi fülébe súgta:

- Ígérem, gyors leszek! – Barry bólintott, s Helga egy halványkék krinolinos ruhával már el is tűnt az öltözőben az öreg hölgy lelkes kíséretében. A kék ruhát egy napsárga, azt egy mélyen kivágott, gyöngyökkel és strasszokkal dúsan díszített hófehér selyemruha követett.

- Már csak egy csokor virág, egy frakkos fickó és a násznép hiányzik. – kiáltotta Barry, mikor Helga kisétált az ajtón. Mert persze Mrs. Wolf ragaszkodott hozzá, hogy minden ruhát mutassanak meg Barrynek is, aki belement a játékban, s mint egy divatbemutatón a műsorvezető, kommentálta a látottakat.

- Az utolsó ruha van hátra – súgta oda Helga a férfinak, mikor visszaindult az öltözőbe. Pár perc múlva újra kinyílt az ajtó. Barrynek a szája is tátva maradt, mikor megpillantotta a nőt. Hosszú, zöld uszályos selyemruhát viselt, könyékig érő kesztyűvel. A szív alakú kivágást egy hasonló színű, de más anyagból készült redővel hangsúlyozták. A testhez simuló felsőrész csípőtől lefelé harang alakban kissé szélesedett. A ruha uszályát a jobb kezének középső ujjához fogatták. A ruha egyetlen dísze rafinált szabása volt, mégis Barrynek sokkal jobban tetszett, mint az előző agyondíszített fehér költemény.

- Hogy tetszem? – kérdezte Helga, mert a férfi egy szót sem szólt, csak bámulta. – Nézd, Mrs. Wolf a fülbevalót és a nyakéket is előkereste. És látod, a cipőm is ugyanolyan anyagból készült.

- Elképesztően gyönyörű vagy! – mondta Barry, már amikor meg tudott szólalni. Alaposan végigmérte a nőt. Észrevette, hogy a haját kibontották, s Mrs. Wolf rafináltan csak félig tűzte fel. Valóban nagyon jól állt az asszonynak.

- Barry, megtennél nekem valamit? – kérdezte olyan arccal, mint aki nem tudja, nem mond – e valami illetlenséget. A férfi kérdő tekintetét látva folytatta: - Tudom, hogy nagy kérés, de évekkel ezelőtt volt egy visszatérő kedves álmom. Arról, hogy egy hosszú, zöld selyemruhában táncolok egy férfival, akit szerettem. Megtennéd, hogy táncolsz velem? Helyette. – Barry nem szólt egy szót sem, csak átkarolta a nő derekát. Mrs. Wolf rádiójából éppen akkor csendültek fel egy valcer első taktusai. Az asszony először szégyenlős mosollyal nézett a férfi szemébe, de mikor az visszamosolygott rá, behunyta a szemét, és átadta magát a táncnak. Egy pillanatra megszűnt körülöttük a világ. Barry csak nézte a nő átszellemült arcát, és nem tudta visszafojtani az érzései többé. Fölé hajolt, és éppen meg akarta csókolni, mikor az udvaron egy építőmunkás elejtett egy vascsövet, ami hatalmas csörömpöléssel vágódott a földre, s rögtön utána a férfi egy kiadósat káromkodott. A varázslat egy pillanat alatt megszűnt. Barry bosszúsan hagyta, hogy Helga kibontakozzon az ölelésből, és újra eltűnjön az öltöző ajtaja mögött, s immár a saját ruhájában térjen vissza. „Látszólag semmit nem vett észre, s talán jobb is így" – gondolta Barry, míg az asszonyra várt. Valójában maga sem tudott mit kezdeni az érzéseivel. Olyan zavarossá vált minden. Azt érezte már korábban is, hogy nem közömbös neki a nő. Eddig azonban azzal áltatta magát, hogy a feltűnő hasonlóság zavarta meg. A hasonlóság – vagy azonosság – az álombeli asszony, és Helga között. Mostanra kezd rádöbbenni, hogy ennél többről van szó. Csakhogy Helgának családja van, akiket szeret. Nem lehetett nem észrevenni, milyen gyengéden, és szeretettel mesélt róluk. Nem szerethet bele! Különben sem lenne értelme, hiszen pár nap múlva hazautazik, és valószínű, hogy sosem látja többé. Bár ez a felismerés nagyon fájdalmasan érintette.

- Ugye nem várattalak nagyon sokáig? – lépett ki az öltözőből Mrs. Wolf kíséretében Helga. Barry most sokkal szebbnek találta, mint azelőtt. Szemei ragyogóbbnak, haja fényesebbnek tűnt. – Kedves Mrs. Wolf, igazán köszönöm, csodálatos érzés volt viselni ezeket a ruhákat! És neked is köszönöm, Barry, hogy volt türelmed megvárni, míg öltözünk! Viszont látásra! – köszöntek el az idős hölgytől.

- Hú, de elszaladt az idő! Nézett az órájára Barry. Most haza viszlek, és átöltözünk a vacsorához, és még a képeket is át kellene néznünk, hogy Mattnek legyen elég ideje előhívni, amit kiválasztasz. – mondta a férfi, s közben feltűnően nem nézett Helgára. Az asszony először fel sem fogta, mit mondott Barry, majd érezte, hogy a gyomra kezd egyre kisebbé és kisebbé zsugorodni. Vajon hová mennek, és mit tervez a férfi? És miért kell átöltözniük? Csak remélni merte, hogy nem valami extra elegáns éttermet választott. Ő ugyanis sosem szerette az ilyen helyeket. Ki kell derítenie, mire készül a férfi. És, ha lehet, még idejében rá fogja beszélni, hogy inkább egyenek otthon, vagy a parti étteremben, ha már mindenáron el akar menni valahova.

- Barry, ha jól értettem, vacsorázni viszel? Ugye tudod, hogy erre semmi szükség? Amikor felajánlottad, hogy velem töltöd a hetet, nem gondoltam, hogy még az estéidet is lefoglalom. Tényleg nincs jobb dolgod, mint engem vacsorázni vinni? – kérdezte megszeppenve. A férfi elgondolkodva bólintott, de úgy látszott, nem hajlandó bővebben tájékoztatni. „Valahogy meg kellene kérdezni, hogy mit tervez," hova mennek, de nem tudta, hogyan vágjon bele. Olyan bugyuta helyzet! S mivel Barry arcáról semmit sem tudott leolvasni, egyre inkább kezdte kellemetlenül érezni magát. Vajon most megbántotta, „ugye nem gondolja, nem, nem gondolhatja, hogy szívesebben tölteném az estét egyedül, mint vele! Meg kell magyaráznom..." – Barry azonban kitalálhatta a gondolatait, mert rövid hallgatás után így szólt:

- Természetesen nincs más dolgom. De ha te nem akarsz velem jönni, vagy jobban szeretnél egyedül lenni egy kicsit... - ekkor Helga azonban kétségbeesetten szólt közbe:

- Jaj, dehogy szeretnék egyedül lenni, és nagyon is örülök, hogy veled lehetek, csak olyan zavarban vagyok. Ez olyan csodálatos, hogy ennyire figyelmes vagy velem, csak...

- Csak, mi? – kérdezte, s komolyan nézett a nőre. – Ne félj, semmi különöset nem terveztem, csak elmegyünk együtt vacsorázni. Ha gondolod, segítek kiválasztani, mit vegyél fel. – mosolyodott el most már Barry is. Helga megnyugodva bólintott.

Az út hazáig tovább tartott, mint tervezték, így a fotók átnézésére már nem maradt idejük. Rövid válogatás után egy világos nadrágkosztüm mellett döntöttek, hozzáillő blúzzal, és azzal a cipővel, amit Helga akkor viselt, amikor megérkezett. Kiegészítőnek csak egy hasonló színű fülbevalót választottak. A haját most befonta, és enyhén kifestette a szemét. Az igazi meglepetés akkor érte, mikor Barry frissen zuhanyozva kilépett a szobájából Rögtön megértette, miért ragaszkodott a férfi ahhoz a nadrágkosztümhöz. Ő pontosan olyan színű öltönyt viselt, mint amilyen az asszony ruhája volt. Elragadóan mutattak együtt. Barry titokzatos mosollyal tessékelte be Helgát az autóba. Az étteremig nem sokat beszélgettek. Mindkettőjüket lefoglalták gondolataik. Barry azon izgult, hogy a meglepetése tökéletesen sikerüljön, és már mindenki ott legyen az étteremben, mire ők odaérnek. Nagyon fontos volt neki ez az este. Azt akarta, hogy barátai is megismerjék, és elfogadják az asszonyt. Valójában nem tudta megmagyarázni, miért. „Vickyvel biztosan hamar megtalálják a közös hangot, hiszen mindketten elbűvölők. A fiúkkal sem lehet nagy gond, csak ne vigyék túlzásba a bohóckodást. Szerencsére ott lesz apa, ő majd segít leszerelni a fiúkat." Eleinte teljesen biztos volt abban, hogy Helga örülni fog, ha találkozhat a sorozat többi szereplőjével. Most azonban, azok után, amit úgy általában a színészekről mondott, nem volt túl biztató a helyzet. Az is mondta azonban, hogy a filmbeli partnereit szinte kivétel nélkül megkedvelte. „Valószínűleg arra számított, hogy ma délelőtt megismerhet valakit közülük." Titokban az órájára pillantott.

„Apának már telefonálnia kellett volna. Igaz, hogy csak tegnap hívtam fel őket, de mindenki azt mondta, hogy ráér." – abban a másodpercben megcsörrent a telefonja.

- Szia apa! – szólt bele a kagylóba megkönnyebbülve, s komoly arccal hallgatta, apja beszámolóját arról, hogy mindenki szerencsésen megérkezett, s készen állnak a fogadásra. Nagyon megkönnyebbült a hírek hallatán, de csak röviden válaszolgatott, nehogy az asszony valamit megsejtsen. Helga hallotta is, meg nem is a beszélgetést. Egyrészt nem figyelt oda, mert kínosnak tartotta mások beszélgetését kihallgatni, másrészt elmerült saját gondolataiban. Hálát adott a sorsnak az itt töltött idő minden eddigi percéért, a kedves fogadtatásért. Olyan volt ez, mint egyfajta ima, bár ő nem volt vallásos, a szó hagyományos értelmében. Azt mindig is hitte, hogy létezik valami felsőbb erő, ami irányítja a sorsát. Most ennek az erőnek adott hálát mindazért a jóért, ami vele történt, s kérte, hogy segítse továbbra is. Érezte, hogy egyre közelebb kerül a férfihoz. Már – már kezdett beleszeretni. De tudta, hogy nem szabad. Neki családja van, Barrynek meg van jobb dolga is. Különben is két eset lehetséges: vagy Barry utasítja vissza, (amire nagy az esély), vagy ha el is fogadná a szerelmét, mit tudna nyújtani neki. Hiszen pár nap múlva hazautazik, és vége. Nem tehet felelőtlen ígéreteket. Barry nem ezt érdemli. A pár napos kaland pedig nem nekik való. Mindketten megsérülhetnek, és erre semmi szükség. Így talán barátok maradhatnak. Amikor megérkeztek, és Barry kisegítette az autóból olyan ideges lett, hogy alig bírt lépni, arról azonban fogalma sem volt, miért. Az étterembe lépve Dick sietett eléjük – előre megbeszélt, figyelem elterelő hadműveletként. Az asszony őszintén örült, mikor észrevette a férfit, s varázslatos módon idegessége rögtön elszállt.

- Dick, de örülök, hogy látlak – köszöntötte Helga az idős férfit, csókra nyújtva az arcát.

- Elragadóan nézel ki! – viszonozta az üdvözlést Dick, és az asszony válla fölött cinkosan kacsintott fiára. – Gyertek, az asztalunk már készen van. – vezette be őket, majd váratlanul megfordult, és így szólt Helgához:

- Engedd meg, hogy bemutassalak néhány barátunknak! – és azzal egy asztalhoz vezette a nőt, ahol már ültek néhányan. Érkezésükre a férfiak felálltak, és megfordultak. Helga csak ekkor vette észre, hogy kik azok.

– Gyermekeim, - szólt ünnepélyesen Dick – bemutatom, vendégünket, Mrs. Helga Hercegfalvit, aki Európából érkezett hozzánk, onnan is Magyarországról. Helga, bemutatom, Vicky Rogerst, Charlie Smitht, és Scott Stevenst. – Az asszony mindenkivel kezet fogott, majd csodálkozva nézett Barryre, aki addig csendben állt mögötte.

- Ezt mikor intézted el?

- Emlékeztem, hogy az eredeti programban is szerepel, hogy találkozol velük így szinte biztos voltam benne, hogy a városban vannak. Úgy gondoltam, előre hozom a találkozást. Tegnap, míg pihentél, apával felhívtuk őket. Szerencsére mindenki ráért. És szerintem, így sokkal kellemesebb, mint egy rideg stúdióban, nem? De talán foglaljunk helyet. – és azzal az apja és maga közé kormányozta vendégét. Visszagondolva, Barrynek fogalma sem volt, mikor maradt ideje Helgának az evésre, hiszen a kérdések csak úgy záporoztak felé. Barátai mindent tudni akartak az asszonyról. Pontosan hol is található Magyarország, Milyen emberek élnek ott, mik a szokások, van – e gyermeke (persze ezt Vicky kérdezte), mi a foglalkozása, meddig marad...stb., stb. Helga pedig kitartóan válaszolgatott, bár nem mindig tudta, kinek a kérdését válaszolja éppen meg. Dick és Barry néha megpróbálták kisegíteni, illetve kordában tartani a többieket, de nem túl sok sikerrel. Ahelyett, hogy ő kérdezgette volna a színészeket, teljesen megfordultak a szerepek. Helga volt az érdekesség, s a többiek viselkedtek úgy, mintha nem neves színészek, hanem rajongók lennének.

- Tudod egyáltalán, mit eszel? – kérdezte Barry az asszonytól, mikor éppen egy lélegzetvételnyi szünethez jutott. Helga nevetve bólintott.

- Azt hiszem. Fantasztikus ez a vacsora! Nem is tudom, hogyan köszönjem meg!

- Megígértem, hogy sok meglepetésben lesz részed, ha elfogadsz kísérődnek. És ez még csak a kezdet! – súgta a fülébe Barry, s közben játékosan rákoppintott a nő orra hegyére. Mikorra a desszertre került a sor, már mindenkinek olyan érzése volt, mintha egy réges - régen összeszokott baráti társaság lennének. Dick mosolyogva figyelte a fiatalokat, és azon gondolkodott, akárki is küldte ezt az asszonyt ide, nem is tudhatja, milyen jót tett a fiával. Már régen nem látta Barryt ennyire felszabadultnak és vidámnak. Charlieval újra úgy ugratták egymást, mint régen. Igaz, hogy Helga nem mindig értette, miről van szó, és el kellett magyarázni neki néhány dolgot, de ez nemhogy megzavarta volna az este jó hangulatát, hanem újabb okot adott a vidámságra.

- Sajnos véget kell vetnünk ennek a kellemes együttlétnek, mivel a személyzet igencsak sűrűn nézegeti már az óráját. – szakította félbe Dick Scott egyik újabb történetét. – Már régen elmúlt a záróra, s szerintem csak azért nem dobtak még ki minket, mert olyan híresek vagyunk! – folytatta a férfi, s egy mókás grimaszt vágott, jelezve, hogy mit gondol azokról a kollégákról, akik azt hiszik magukról, hogy ha már híresek, mindent megengedhetnek maguknak.. – De ígérem, lesz még alkalom a találkozásra. Van ugyanis egy remek ötletem. Tudjátok, Helgával megegyeztünk, hogy holnap után együtt főzünk. Ha Te is úgy gondolod – s itt a nő felé fordult kérdő tekintettel – meghívjuk ezeket a kedves embereket is.

- Ez remek ötlet! – kiáltotta egyszerre Charlie és Scott. – Ugye meghívtok?

- Rendben. – felelte Helga, s hagyta, hogy Charlie és Scott két oldalról belékaroljanak. Barry elhessegette a fiúkat Helga mellől, és ő karolt a nőbe:

- Csak vigyázz ezzel a két kópéval! – nézett nevetve barátaira, akik méltatlankodva követték őket. – Bármit is mondanak, a felét se hidd el!

- Majd hívunk benneteket a vacsora miatt! Jó éjt! – búcsúzott Scott.

- Nem felejtjük ám el! – veregette meg Charlie Barry vállát. – Jó éjt Helga!

- Jó éjt nektek is. – felelte a nő nevetve, és mindkét férfinak egy – egy puszit nyomott az arcára. – Vicky, ugye te is eljössz? – kérdezte a színésznőtől.

- A világért ki nem hagynám. – válaszolta – Addigra kitalálom, hogyan tartsuk kordában ezt a két jómadarat. Hát, akkor, viszlát!

- Akkor most jó éjszakát mindenkinek! – terelte a társaságot az ajtó felé Dick. – Barry, én még hazaviszem Vickyt. – szólt az öreg a fia után, és karonfogva a színésznőt a parkoló másik vége felé indult.

- Nos, mi a véleményed? – kérdezte Dick Vickyt, mikor már az autójában ültek.

- Azt hiszem, igazad volt. Tényleg nagyon kedves. Szerintem nem játszik szerepet. Vagy nagyon jó színésznő. De kétlem, hogy át akarna verni bárkit is. – válaszolt némi gondolkodás után komolyan és még hozzáfűzte – én valóban megkedveltem. Olyan kedvesen mesélt a gyerekeiről, a családjáról. Nyugodj meg Dick, nincs semmi okod az aggodalomra!

- Köszönöm, kedvesem, de ha kérhetem, ez maradjon kettőnk között. Barrynek ne szólj!

- Ez csak természetes! – felelte a nő és Dick vállára tette a kezét. A férfinek nagy kő esett le a szívéről. Bár ő is az előbbi következtetésre jutott Helgával kapcsolatban, de mégsem számított teljesen objektívnek a véleménye, hiszen mindennél jobban akarta, hogy ne kelljen elrontani Barry örömét. Hála az égnek, nem tévedett! Vicky nem hazudna neki, ha egy csepp kételye lett volna Helgával kapcsolatban, biztosan elmondja. Halálosan fáradtan bár, de megnyugodva indult haza.

- Ébren vagy már? – kopogott Helga ajtaján Barry korán reggel. Helga mosolyogva nyitott ajtót, és vidáman üdvözölte a férfit. Remekül aludt, és jókedvűen ébredt. Még mindig az előző este hatása alatt állt. Könnyű fehér nyári blúzt viselt, és fehér nyári nadrágot. A haját megint csak lófarokba kötötte. Most azonban nem tett fel sminket, és a kontaktlencse helyett szemüveget hordott. Barry nem tudta eldönteni, így tetszik – e neki jobban, vagy a lencsékkel.

- Jó reggelt! Gyönyörű napunk van, ugye? – kérdezte vidáman.

- Igen, azt hiszem, remek kiránduló időnk lesz. Azért is zavartalak ilyen korán, mert ma sok helyre akarlak elvinni. – magyarázta Barry, és a kocsi kulcsait csörgette a kezében, de tőle szokatlanul elnézett az asszony mellett, s a szoba berendezését vizsgálgatta. Érezhetően nagyon zavarta valami. - Éhes vagy? Készítsünk itthon reggelit, vagy átmenjünk az étterembe? De ehetünk a városban is.

- Egyáltalán nem vagyok éhes, legyen, ahogy te akarod. – felelte Helga, s kissé csodálkozott, hogy Barry csak ilyen lényegtelen dolgokról beszél. Azt hitte, megbeszélik, mi minden történt tegnap, és hogy Barry is olyan vidám, és jókedvű lesz, mint előző este. „Mi történhetett?" – gondolkodott, miközben a konyhában szürcsölgették a kávéjukat.

- Akkor talán indulhatunk is. – szólalt meg váratlanul Barry, kizökkentve az asszonyt gondolataiból.

- Rögtön, csak elmosom ezt a két csészét.

- Remek, addig, én hozom az autót. – válaszolta a férfi és kisietett az ajtón. Dick, aki csendben szemlélte a jelenetet, értetlenkedve nézett fia után, majd az asszonyra nézett, és széttárta a kezeit. Helga megpróbálta nem mutatni, milyen kellemetlenül érinti ez a változás. Búcsút intett Dicknek, és csöndesen becsukta az ajtót maga mögött.

Barry az autónál várt rá. Mikor meglátta, hogy kilép a kapun, kinyitotta neki az autó ajtaját, és besegítette az ülésre. Helga nagyon élvezte a férfi apró figyelmességeit. Fogalma sem volt róla, hogy ennyire jó érzés, ha figyelnek rá. Most azonban nagyon kínosnak érezte Barry fagyos udvariasságát. Akár hogy is gondolkodott, nem tudott felidézni semmit, amivel megbánthatta volna az este. Olyan kétségbeesetten próbált rájönni, mi lehet az oka Barry hirtelen hangulat változásának, hogy eleinte fel sem tűnt a közéjük telepedett feszült csend. Hiába próbált Helga beszélgetést kezdeményezni, nem járt túl sok sikerrel. Azt nem mondhatjuk, hogy Barry udvariatlan lett volna, csak mintha egy láthatatlan falat vont volna maga köré, amin csak egy kis rést hagyott a környezete számára. Helga nem igazán értette, mi történhetett, hiszen előző este remek hangulatban váltak el. Egy ideig csendben ült a helyén, de aztán nem bírta tovább, és egyenesen a férfinak szegezte a kérdést:

- Barry, megbántottalak valamivel, s most azért nem szólsz hozzám egy szót sem, vagy az éjjel némasági fogadalmat tettél? – Barry nem tudta megállni mosolygás nélkül, de nem nézett a nőre, amikor válaszolt:

- Sem némasági fogadalmat nem tettem, sem rád nem haragszom. – „Csak attól tartok, ha egyszer beszélni kezdek, bevallom, hogy megőrülök érted!" Tette még hozzá gondolatban. – Csak arra gondoltam, nem zavarlak a zene hallgatásában. – lódította, enyhítendő az előző mondat ridegségét, s nagyon remélte, hogy Helga elhiszi. A lelke azonban nem lett könnyebb, amit szegény kormány alaposan meg is szenvedett, hiszen már olyan erővel szorította, hogy attól kellett tartani, összelapul a kezében. Bővebb információt azonban nem lehetett belőle kicsikarni, még úgy sem, hogy Helga közölte vele, egyáltalán nem hiszi, hogy a zene zavarná a beszélgetésben a férfit. Sőt! Azt is felajánlotta, hogy kikapcsolja a rádiót, ha attól Barry hajlandó lesz szóba állni vele.

- Szó sincs arról, hogy nem akarok beszélgetni veled. – fordult az asszony felé egy piros lámpánál. – Egyszerűen azon gondolkodtam, hogyan lenne a legcélszerűbb bejárnunk a várost. Annyi mindent akarok megmutatni neked, hogy félek, felére sem lesz időnk. – magyarázta, s nagyon remélte, ez már kissé hihetőbben hangzik. Szívből utált hazudni, de azt mégsem mondhatta, hogy azért nem akar beszélgetni, mert egyfolytában a tegnap este jár a fejében, és az a majdnem csókkal végződött látogatás Mrs. Wolfnál. És hogy még mindig csak arra tud gondolni, hogy lesz – e alkalma megint olyan közel kerülnie hozzá, mint akkor.

- Most megmutatom neked egész Los Angelest. – szólalt meg Barry, miközben leparkolt egy felhőkarcoló mellett. Helgának olyanérzése támadt, mintha a férfit mindenhol ismernék, hiszen most is csak odaköszönt az őrnek, s a férfi szó nélkül tovább engedte őket. Pedig az ilyen toronyházakba csak külön engedéllyel lehet bemenni.

- Nem gondoltam, hogy szó szerint érted, amit mondasz – súgta a férfi fülébe, miközben kiléptek a tetőre. Igazság szerint nagyon megkönnyebbült, hogy végre kiszállhatott abból a dobozból. Nem látszott ugyan rajta, de rettenetesen félt egész idő alatt, míg arra vártak, hogy a legfelső szintre érjenek. Mivel Barry nem volt túl közlékeny hangulatában, az asszonynak elképzelése sem volt arról, pontosan hová is tartanak. Hiszen egy ekkora épületben rengeteg olyan módot lehet találni, amivel megismerhető Los Angeles. Azt pedig nem figyelte, melyik gombot nyomta meg a beszálláskor. Mivel nem tudta, hová mennek, azt sem tudta, meddig kell kibírnia a lift fogságában. Nem a bezártságtól félt, hanem magától a szerkezettől. Amióta az eszét tudja utált liftezni. Folyton attól rettegett, hogy beragad két emelet között, vagy rosszabb esetben leszakad vele. Most is próbált másra gondolni, s bármit megadott volna, ha Barry eltereli a figyelmét valamivel. Szólni azonban, nem mert. Nem akarta, hogy mások is hallják, milyen gyáva. Bárcsak legalább megfoghatná a férfi kezét! Soha ilyen hosszúnak nem tűnt azaz idő, mire végre kiszállhatott. Igaz, sosem volt még ilyen magasan. De erre csak akkor jött rá, mikor kiléptek a tetőre. Az a kellemes megkönnyebbülés, amit akkor érzett, mikor meghallotta az ajtónyitó csengőt, el is párolgott, ahogy rájött, hol vannak. Mert a másik, amitől rettenetesen félt, az a magasság volt. Még a hideg is kirázta tőle. Barry azt hitte, a hűvös széltől lett libabőrös, és előzékenyen Helga vállára terítette a zakóját. A kellemes meleg jótékony hatását azonnal érezte az asszony, és kissé nekibátorodva lépkedett a férfi nyomában. Néhány pillanat múlva azonban teljesen elfeledkezett minden félelméről. A látvány egészen elbűvölte:

- Ez káprázatos! – fordult csillogó szemmel Barry felé. Az egész várost be lehetett látni innen. Körbesétáltak a tetőn, és Barry folyamatosan magyarázta, mikor mire érdemes figyelni, honnan, mit lát. Helga nagyon szívesen hallgatta a férfit. Úgy érezte, hogy kellemes hangja szinte teljesen beburkolja. Szorosan egymás mellett álltak, és Barry belekarolt a nőbe. Legszívesebben átölelte volna, hogy így is óvja a széltől, de most ezt túl kockázatosnak találta. Nem érezte magát elég erősnek ahhoz, hogy az asszony efféle közelségét megingás nélkül el tudja viselni. Legalább egy órát időztek a tetőn. Mindkettejüket magával ragadta a város képe. Amikor visszaindultak a lifthez, Helga megállt, és a szemeivel kényszerítette a férfit, hogy rá nézzen: - Nagyon kérlek, ne nevess ki azért, amit most mondani fogok.... Megtennéd, hogy megfogod a kezem, amíg a liftben vagyunk? – bökte ki végül, s könyörgő szemekkel nézett a férfira. Barry csodálkozva nézett rá:

- Ne haragudj, nem tudtam, hogy klausztrofóbiás vagy! Miért nem szóltál? Nem hoztalak volna ide!

- Nem vagyok klausztrofóbiás, csak a liftektől félek, és a magasságtól. Pontosabban attól, hogy leszakad, vagy beragad velem. – magyarázta az asszony, majd még hozzátette: - És azért nem szóltam, mert nem mondtad, hogy hova megyünk. Ma nem vagy túl közlékeny hangulatban. – nézett szomorkásan a férfira. Barry bocsánatkérő mosollyal nézett rá vissza, és szó nélkül átölelte. Elmondhatatlanul megkönnyebbültek mindketten.

- Akkor most elmondom, hogy hova készülünk, te pedig rögtön szólsz, ha valami veszélyes helyre akarlak vinni. Rendben?– kérdezte Barry és tört egy falatot a croissantjából, amit a kávéjához rendelt a kávézóban, ahová betértek reggelizni. - Tehát lift, magas épület, kígyók, kizárva. – összegezte mosolyogva a férfi, mi minden került tiltólistára. Az asszony is mosolygott, és sokkal jobban érezte magát, hogy Barryt sikerült kissé kicsalogatnia a csigaházából. Helga teljesen rábízta magát a férfira. Több okból is. Egyrészt, mert tudta, hogy Barry remekül ráérez, mi az, ami érdekli őt, másrészt annyi érdekes látnivalót tartogat ez a város, hogy ő úgysem tudna dönteni. Abban egyetértettek, hogy a múzeumokat kihagyják. Végül is festményeket, meg szobrokat bárhol láthat. De ilyen szikrázóan kék eget, és ilyen csillogó hullámokat sehol máshol. Addig, addig kószáltak, hogy végül a parton kötöttek ki.

- Legszívesebben egész nap itt ülnék, és a hullámokat nézném. – szólalt meg az asszony. Barry csak mosolygott egy kicsit, de nem válaszolt. Újabb szótlansága kezdett rosszul esni Helgának. Valószínű, hogy meg is érezte az asszony lehangoltságát, mert felajánlotta, hogy üljenek be egy kávézóba, és pihenjenek egy keveset.

- Rendben, de csak akkor, ha tényleg nem okoz gondot.

- Miért lenne gond? – torpant meg csodálkozva Barry.

- Mert azaz érzésem, mintha egész idő alatt legszívesebben valahol máshol lennél. Olyan keveset beszélsz.

- Azt hittem, ezt már megbeszéltük! Nagyon szívesen vagyok veled, és eszembe sem jutott, hogy máshol is lehetnék. – magyarázta Barry, és a hangjából Helga egy cseppnyi türelmetlenséget vélt kihallani. Így jobbnak látta, ha másra tereli a szót. Idő közben találtak egy kellemesnek tűnő presszót, ahol a legtöbb vendég a lábán nem cipőt hordott, hanem görkorcsolyát. Ez a hely volt a görkorisok paradicsoma. Helga megkérte a férfit, hogy időzzenek egy keveset itt. Barry szó nélkül beleegyezett. Kerestek egy asztalt az árnyékban, és hideg üdítőt rendeltek. Helga elképedve figyelte, milyen akrobatikus mutatványokra képes némelyik koris.

- Hát nem nagyszerű, hogy miket tudnak produkálni. – szólt lelkesen. Meg is feledkezett az előbbi kínos párbeszédről, és arról is, hogy a férfi mennyire szótlan. - Gyerekkoromban nagyon szerettem korcsolyázni. Persze nem ilyen korival, hanem a jégpályán. Akkoriban a tél még igazi tél volt, és rettenetesen hideg. A suliban az igazgató bácsi lelkesen dagasztotta nekünk a jeget minden éjjel. A legtöbb tanárral meg lehetett beszélni, hogy ha valaki jól teljesít, akkor egy tanóra helyett engedjenek ki korizni. Imádtunk siklani a jégen....Nem próbáljuk meg? – támadt fel hirtelen az ötlet az asszonyban.

- Nem vagyunk egy kissé túl öregek az ilyesmihez? – kérdezte Barry nevetve, mert azt hitte, az asszony tréfál. De ő nagyon is komolyan gondolta:

- Ugyan, ez itt Amerika! Az ember azt tehet, amit akar. Nem? És különben is, van egy ismerősöm, akinek az apukája vagy hetven éves, és az unokájával korizik az utcán. Sőt, még pár évvel ezelőtt is korcsolyával járt dolgozni. Ja, és most jut eszembe! Nem tudod, véletlenül, hogy kinek az édesapja játszott egy filmben egy imádni való bohókás főorvost, aki még a kórházban is így közlekedett? – Barry sejtette, hogy nem fogja tudni meggyőzni Helgát, és úgyis rábeszéli a korcsolyázásra, így inkább gyorsan beleegyezett. Azzal a feltétellel, hogy nem neveti ki, ha a hátsóján landol, és nem maradnak egy óránál tovább. Szerencsére a kölcsönzőben hamar találtak megfelelő korcsolyákat. Egymást támogatva araszoltak a betonon. Helga bizonyult a bátrabbnak. Hamarosan egészen könnyedén körözött Barry körül. A férfi csak az óráját leste titokban, hogy mikor veheti már le azokat a szörnyű cipőket. Pedig jobban tette volna, ha az utat figyeli, mert nem vette észre, az elébe került hamburger maradványait. Mire meghallotta, hogy Helga figyelmezteti a veszélyre, már késő volt. A korcsolyák önálló életre keltek, s az egyik jobbra gurult, a másik balra csúszott, Barry pedig egy szempillantás múlva már a földről szemlélte a mellette elhaladókat. Helga rémülten fékezett mellette:

- Nem ütötted meg magad? – kérdezte, és Barry mellé guggolt.

- Csak a büszkeségemen esett némi csorba. De, ha kérhetlek, apának ne meséld el! Rendben? – felelte Barry nevetve, s most végre midketten úgy érezték, visszatértek az eddig megszokott, baráti viszonyhoz. Igazság szerint, Barrynek már nagyon nehezére esett olyan hidegen viselkedni, s ráadásul mást nem ért el vele, csak Helgának is rosszkedve lett tőle. A saját érzései cseppet sem változtak.

- Számíthatsz rám! – ígérte mosolyogva. – Gyere, megkegyelmezek neked! Most szépen felállsz, és visszamegyünk leadni a korikat. Segítsek, vagy megy egyedül?

- Bízd csak rám! – szólt Barry, s óvatosan feltápászkodott, de rögtön vissza is huppant. – Sajnálom, de képtelen vagyok ráállni a lábamra. – szólt fájdalmas arckifejezéssel. Helga bűnbánó arccal nézett rá:

- Az én hibám! Ha nem erőltetem, hogy húzz te is korcsolyát a lábadra, ez most nem történik meg.

- Ugyan, ne hibáztasd magad! – felelte Barry – Ha jobban figyeltem volna, hogy mi van az orrom előtt...

- Most hogyan tovább? – kérdezte Helga tanácstalanul. – Sajnos én képtelen lennék hazavinni a kocsit. Körülbelül ezer éve nem vezettem.

- Hogy tudsz létezni autó nélkül? – nézett rá csodálkozva Barry.

- Általában gyalogolok, vagy tömegközlekedem. – válaszolt nevetve Helga. – Tudod, nálunk nincsenek ekkora távolságok. Busszal például tíz perc alatt bent vagyok a városközpontban, onnan kb. fél óra alatt bárhova eljutok gyalog. Az autót egyébként a férjem használja. Ő viszi a gyerekeket iskolába, és gyakran haza is ő hozza. – magyarázott tovább, majd elnevette magát, látva a férfi hitetlenkedő arckifejezését.

- És mi van a vásárlással? – kérdezte még mindig a földön ülve.

- A nagyobb bevásárlást kocsival elintézzük havonta egyszer, a napi dolgokat vagy én veszem meg, és busszal hazaviszem, vagy a férjemmel szaladunk el kocsival.

- Elképesztő vagy! Szerintem nálunk eleve váló ok lenne, ha egy férfi azt merné mondani a feleségének, hogy kocsi nélkül menjen el a szupermarketbe!

- Hát akkor ezt megbeszéltük. De nem akarsz inkább egy padon üldögélni, míg eldöntjük, mi legyen?

- Attól tartok, kénytelenek leszünk riasztani apát. Felhívom, és megkérem, jöjjön értünk a kocsijával. – gondolkodott hangosan Barry. Azzal már tárcsázta is Dick számát. Amíg várakoztak, Helga óvatosan levette a férfi lábáról a cipőt, eltámogatta a legközelebbi padig, s mikor Barry biztosította róla, hogy nem megy egyedül sehova, visszavitte a korcsolyákat a kölcsönzőbe. Mire visszaért, már Dick is megérkezett, s közös erővel besegítették Barryt a kocsiba.

- Biztos, hogy ne vigyelek be a kórházba? – kérdezte harmadszorra is az öreg, de Barry még mindig tagadóan rázta a fejét.

- Mondom, hogy jól vagyok. Csak egy kicsit pihentetnem kell. Ennyi az egész.

- Annyira szégyenlem, hogy ilyen helyzetbe kerültél miattam. – szólt sírós hangon Helga, mikor látta, hogy fájdalmasan összerándul a férfi arca, amint hazaérve a kanapéra ültették

- Ha nem hagyod abba, hogy magadat hibáztasd, komolyan megharagszom! – mondta Barry, de látszott az arcán, hogy nem gondolja komolyan.

- Akkor legalább azt engedd meg, hogy ápoljalak. – kérte Helga, s mikor Barry beleegyezően bólintott, így folytatta: - Akkor most hozok egy kis vizes borogatást, meg egy fájdalomcsillapítót. – óvatosan lehúzta a férfi zokniját, és vizes törölközővel bebugyolálta a fájós lábat. Keresett néhány párnát, és a lehető legkényelmesebben felpolcolta.

- Azt hiszem, a ma esti programotoknak lőttek! – lépett be a nappaliba Dick, kezében a telefonnal. – Rendeljek nektek valami vacsorát?

- Végül is csak félig ment füstbe a ma esti tervem – csillant fel Barry szeme. – Még nem mondtam, mit terveztem estére, ugye? – kérdezte titokzatos mosollyal. Helga tagadóan rázta a fejét, mire Barry az apjához fordult. – Apa, ha megkérhetnélek, rendelnél nekünk a kedvenc kínai vendéglőnkből? Ha ugyanis mi nem tudunk elmenni az étterembe, az étterem jön ide! Ugye nem gond? – kérdezte az asszonytól. – Úgyis azt mondtad, hogy még sosem ettél kínai kaját.

- És legalább így nem kell mások előtt ügyetlenkednem. Az is elég kínos lesz, ha te kinevetsz, de megérdemlem, amiért így elbántam veled... - de a mondat végét elharapta, mert Barry fenyegetően emelte fel az ujját:

- Ugye megegyeztünk, hogy nem a te hibád volt. Ha még egyszer meghallom, hogy ilyesmit mondasz, betapasztom a szádat!

- Na ettől ugyan nem félek! Mégis mivel tapasztanád be, ha még felkelni sem tudsz? – Barry úgy tett, mint aki komolyan elgondolkodik, majd ártatlan képpel így válaszolt:

- Ravaszul idecsallak, és elkapom a derekadat, az ölembe ültetlek, és....

- És mi? – kérdezte Helga, mert még mindig nem jött rá, hogy Barry mire céloz.

- Hát jó, te provokáltad ki! – szólt Barry félhangosan - És megcsókollak! – nézett kihívóan az asszony szemébe. Helga zavartan elfordult, és a kandalló faragásait kezdte tanulmányozni. Nem bírt a férfi szemébe nézni. Nem akarta ugyanis, hogy Barry meglássa benne az érzelmeit, azt, hogy mennyire szeretné, ha a férfi beváltaná a fenyegetését.

- Megrendeltem mindent, amit kértél, s mivel Helga mesélte, milyen keveset ettetek egész nap, bátorkodtam este fél hétre kérni a szállítást. Jó lesz így? – lépett be a nappaliba Dick, de annyira el volt foglalva a nyakkendőjével, hogy észre sem vette a fiatalok között kialakult feszült csendet. Helga az öreg segítségére sietett, és közös erővel elbántak az összegubancolódott nyakkendővel. Barry titokban homlokon csókolta az apját, hogy tudtán kívül átsegítette őket a kínos helyzeten. Nem tudta eldönteni, hogy Helga azért fordult - e el, mert megsértődött, vagy csak a zavarát akarta leplezni. Igazság szerint, butaság volt a csókról beszélni. Egész nap azon dolgozott, hogy megpróbálja magát távol tartani Helgától éppen azért, mert nem akarta kellemetlen helyzetbe hozni. És erre tessék! Egyetlen mondattal tönkretesz mindent. Majdnem elárulta magát, és az asszonyt is összezavarta. Még jó, hogy Helga nem is sejti, mennyire vágyott rá, hogy meg is tegye, amivel fenyegette. Igazság szerint nem is fájt annyira a lába, de elmondhatatlanul jó érzés volt, ahogy Helga gondoskodott róla. A figyelme, az érintése részegítő volt. Valójában egyáltalán nem bánja, hogy hagyta magát rábeszélni a korcsolyázásra. Hiszen mást már úgysem nagyon tervezett délutánra. Az, hogy nem mentek el a mólóra, talán nem olyan nagy tragédia. A Hollywood bulváron a csillagok pedig egyáltalán nem vonzották az asszonyt.

- Köszi apa! Pompás! – felelete röviden Barry, s igyekezett elkapni az asszony tekintetét.

- De ha nem bánjátok, én nem eszem veletek. Egy barátom felhívott, hogy egy napra ideutazik Floridából, és ha van kedvem, együtt vacsorázhatnánk. Olyan régen nem találkoztunk már. – folytatta Dick, s amint sikerült megigazítani a nyakkendőjét, már indult is.

- Ugye nem bántottalak meg azzal, amikor azt mondtam, hogy ne menjünk el a csillagokat megnézni? – kérdezte félénken a nő, miután Dick ismét magukra hagyta őket. Barry nagyon meglepődött, hogy az asszonynak is pontosan arra kalandoznak a gondolatai, mint neki. Helga nagyon igyekezett, hogy a férfi ne vegye észre, milyen hatással voltak rá az előbbi szavak, ezért próbált semleges témát találni.

- Miből gondolod, hogy egyáltalán megbántottál valamivel? – felelt a kérdésre kérdéssel Barry, mert meglehetősen váratlanul érte az asszony témaváltása. Arra számított, hogy Helga majd magyarázatot kér az előbbi kijelentésére, s akkor bocsánatot kérhet. Mivel azonban az asszony láthatólag kerülni akarta a témát, jobbnak látta, ha ő sem említi. Helga nem tudta tovább titkolni szomorúságát. A tény pedig, hogy a férfi megint csak hallgatásba burkolózik határozott lépésre késztette. Odaült Barry mellé, és beszélni kezdett. - Egész nap nagyon távolságtartónak éreztelek. Olyan érzés volt, mint mikor a ragyogó tavasz kellemes melege hirtelen néhány fokkal lehűl. Még mindig szikrázóan süt a nap, illatoznak a virágok, csivitelnek a madarak. Látszólag semmi sem történt, és az ember mégis dideregni kezd. Én is dideregtem ma melletted. Minden nagyon tetszett, és remek idegenvezető voltál, csak úgy éreztem, mintha nem is te lettél volna. Arra gondoltam, hogy ha elmegyünk megnézni a csillagokat, talán felismer valaki, és....nem is tudom. Csak az volt a fontos, hogy újra nevetni lássalak. Azt a buta korcsolyázást is azért találtam ki, hogy hátha jobb kedved támad tőle. Nem gondoltam, hogy ez lesz belőle...

- Ne haragudj, szó sincs arról, hogy nem vagyok szívesen veled. Egyszer talán elmesélem, mi is történt ma, de nyugodj meg, sosem éreztem magam ilyen kellemesen. És egyáltalán nem volt rossz ötlet az a korcsolyázás. Arról nem te tehetsz, hogy nem figyeltem az orrom elé. A mostani helyzettel pedig kifejezetten elégedett vagyok. Romantikus estét tölthetek veled kettesben, finomat fogunk enni, és békésen beszélgethetünk anélkül, hogy attól kellene tartanunk, hogy bárki is megzavarhat. Mert egy étteremben bármikor összeakadhatsz ismerősökkel. Én azonban csak veled akarok lenni. – Simogatta meg a nő arcát, mintegy nyomatékosítva előző szavait. Az érintéstől mindketten zavarba jöttek. Az asszony felállt, és az ablakhoz sétált. Teljesen össze volt zavarodva. A férfi egész nap távol tartotta magától, s olyan hűvösen viselkedett, hogy már szinte fázott. Most pedig olyan kedves, mint tegnap. Mi a csuda lehet vele?

- Barry! Akarsz egy kicsit aludni? – kérdezte Helga, s gondosan ügyelt rá, hogy hangja a lehető legkönnyedebben csengjen.

- Nem vagyok álmos, csak unatkozom, ha nem vagy mellettem. – felelte a férfi kedvesen, és kezét nyújtotta az asszony felé. Helga újra a férfi mellé ült a kanapéra, de nem szólt egy szót sem, csak várakozva nézett Barry szemébe. - Szeretném, ha mesélnél nekem, amíg a vacsorára várunk. És ha van kedved, és megtennél nekem egy szívességet, kérlek, gyújts meg pár szál gyertyát. – Az asszony engedelmesen felállt, hogy teljesítse Barry kérését.

- És miről meséljek neked? – kérdezte, miközben gyufát keresett a kandalló párkányán, és meggyújtotta a gyertyákat. – Mire vagy kíváncsi? Hiszen már szinte mindent tudsz rólam.

- Éppen ellenkezőleg! Minél többet mondasz magadról, annál inkább úgy érzem, hogy alig ismerlek. Itt vannak például a lemezeid. Azt ígérted, hogy egyszer majd beszélsz róluk. - Helga mosolyogva bólintott. Beszaladt a szobájába, és kihozta a lemeztartót. Majd kiválasztott egy lemezt, betette a lejátszóba, és amikor megszólalt a zene, ő is mesélni kezdett. Barry élvezettel hallgatta a történeteket. Néha bele – bele kérdezett, és ő is mesélt néhány történetet. Remekül érezték magukat, és észre sem vették, hogy elszaladt az idő. Egyszer csak kopogtattak az ajtón. A kifutófiú hozta a vacsorájukat. Helga átvette a szállítmányt, és Barry szakszerű irányítása mellett kitálalta az ételt. Odagurított egy kisasztalt a beteghez, és egy széket is odahúzott magának. Mielőtt azonban enni kezdett volna, Barrynek mindenről el kellett mondania, hogy micsoda. Amikor minden ételt bemutatott, jóízűen enni kezdett. Helga egy ideig bátortalanul nézegette a saját adagját, de mikor látta, hogy Barrynek mennyire ízlik, ő sem kérette tovább magát. Barry mosolyogva nézte, ahogy szerelme – mert magában már csak így nevezte a nőt - élvezettel kóstolgatta a tányérjára halmozott finomságokat. Meglehetősen hamar megtanulta kezelni a pálcikákat. Barry nem fukarkodott a dicsérettel, ami nagy örömmel töltötte el a nőt, mivel úgy érezte, teljesen eltűnt az a fal, amit Barry reggel maga köré emelt. Ráadásul az étel is nagyon ízletesnek bizonyult. Bár azt nem nagyon tudta megjegyezni, hogy mi mindent kóstolt meg, azért nagyon élvezte a vacsorát. Igaz, hogy közben történt egy is baleset, mert az egyik falat egyáltalán nem akart a pálcikán maradni, s először inkább az asszony fehér blúzán landolt, majd onnan legördült a nadrágjára is. Barry remekül szórakozott a jeleneten.

- Szerintem jobb lesz, ha rögtön kimosod, s akkor talán nem hagy foltot. – javasolta a férfi. Helga zavartan mosolygott, és már el is tűnt a fürdőszoba irányába. Amikor néhány perc elteltével újból előkerült, Barry majdnem félrenyelte a falatot. Helga ugyanis egy virágos ruhát vett fel, ami önmagában nem lett volna érdekes, de ezt a ruhát Barry ismerte. Az álmában pontosan ebben a ruhában látta a nőt.

- Remélem, nem várakoztattalak túl sokáig? – kérdezte az asszony, és visszaült az asztalhoz.

- Á, nem, dehogy – nyögte ki bizonytalanul Barry, s a szemét alig bírta levenni a nőről.

- Valami baj van? – kérdezte most már kissé bizonytalanabbul Helga.

- Nem, csak a ruhád... - válaszolta eléggé udvariatlanul a férfi, s mikor rájött, mit mondott, nem győzött mentegetőzni.

- Tudod, ez az egyik kedvenc ruhám. Igaz, általában nem ezeket a színeket hordom, de ez a ruha nagyon kényelmes, és kedves emlék fűz hozzá.

- Elmeséled? – puhatolózott tovább Barry, mert érezte, hogy valami különlegeset fog hallani.

- Hát, jó. – egyezet bele a nő némi gondolkodás után. – Tudod, egy ideje van egy visszatérő álmom. Éjszaka van, és én egy idegen szobában vagyok. Az ágyban egy férfi alszik. Én csak ülök mellette, és nézem, vagy fogom a kezét, és simogatom a haját. Néha meg is csókolom. Pár pillanat múlva a tengerparton találom magam ugyanezzel a férfival, és kézen fogva sétálunk. Ő megállít, és megcsókol. És nagyon boldog vagyok. És a lényeg, hogy mindig ez a ruha van rajtam. – fejezte be a történetet az asszony. Barry nem akart hinni a fülének! Hiszen ez pontosan ugyanaz a történet, amit ő szokott álmodni!.... - Barry! Valami baj van? – kérdezte Helga, mert a férfi már percek óta csak ült szótlanul. Látszott, hogy teljesen máshol jár. Az asszony nem tudta mire vélni a hallgatását. Főleg, hogy az elmúlt néhány órában olyan jól érezték magukat.

- Semmi baj, bocsáss meg! Csak egy kicsit elkalandoztam. Akkor most lássuk a szerencse sütit! – tette le a pálcikáit Barry, mivel látta, hogy a nő sem eszik már. – Ki kezdi?

- Törjük fel egyszerre. – javasolta Helga. – Kész vagy? – Barry bólintott. – Akkor olvasom:"Messze vagyok, mégis érzed...

- ...Csillagom épp fölötted ragyog, őrizzenek az angyalok! – fejezte be a mondatot Barry. Helga csodálkozva nézett rá:

- Honnan tudtad, hogy mi van ideírva?

- Onnan, hogy az én papíromon ugyanez áll. – nyújtotta a cetlit az asszonynak, aki hitetlenkedve nézett hol az egyik, hol a másik papírszeletre. A férfi nem tulajdonított túl nagy jelentőséget a dolognak. Sosem hitt ezekben a „jóslatokban." Inkább csak játéknak tekintette. Most azonban egy kissé furcsának találta a dolgot. „Milyen különös – gondolta – ugyanazt álmodja, és ugyanaz az üzenet is." De a következő pillanatban már el is hessegette a gondolatot. Helga azonban égi jelnek vélte, de nem szólt semmit, csak zsebre tette a cetliket.

Vacsora után Helga rendet rakott, majd a szobájába segítette a férfit. Barry kicsit szégyellte magát, hiszen koránt sem fájt annyira a lába, mint azt mutatta, de olyan jól esett neki az asszony gondoskodása. Igazság szerint emberemlékezet óta nem törődött vele senki ennyire odaadóan.

Nem csak betámogatta a szobájába, de megvetette az ágyát, és még be is takarta. Csak a „jó éjt puszi" maradt el. Sajnos. Most ahogy a szobájában feküdt, és az ablakon át a csillagokat bámulta, érezte, hogy végérvényesen beleszeretett az asszonyba. Pedig sosem hitt a „szerelem első látásra!" dologban. Úgy gondolta, azt csak a filmek írói találták ki. Most azonban be kellett ismernie, hogy tévedett. Ezen az éjszakán Helga sem tudott aludni. Csak állt az ablaknál, és az óceánt nézte. A telihold olyan fénnyel világított, hogy a part szinte minden apró részlete tökéletesen látható volt. Nem tudni, mennyi lehetett az idő, mikor Helga úgy érezte, nem tud tovább a szobájában maradni. Először a partra akart kisétálni, de amint elhaladt Barry szobája előtt, egy láthatatlan erő megállította. Kis ideig hallgatózott az ajtó előtt, majd csendesen lenyomta a kilincset, és belépett a szobába. Barry békésen aludt. Odasétált az ágyhoz, és lekuporodott a földre. Csak nézte az alvó férfit, s keze önkéntelenül megsimogatta Barry haját. „Akár csak álmomban." – villant át a gondolat a nő agyán.

- Tudod, Barry, - suttogta az alvó férfinak. – mostmár tudom, hogy te voltál az a férfi álmomban! – Barry, mintha csak hallotta volna a szavakat, a nő felé fordult, és keze az asszony kezét kereste. Helga megfogta a férfi kezét, és az arcához szorította. A jelenetnek csak egy tanúja volt, a telihold, ami éppen beköszönt az ablakon, és ezüstös sugarával halvány fénybe vonta őket.

- Hát, akkor indulhatunk is. – állt fel Dick az asztaltól, és tette bele a mosogatóba a kévés csészéjét. – Tudod, már mit készítesz? – kérdezte az asszonytól.

- Igen. Sőt! Annyi minden eszembe jutott, hogy arra gondoltam, megkérlek, segítsetek dönteni.

- Ne haragudjatok, de én most nem tudok veletek menni. – szólalt meg váratlanul Barry. – Ne nézzetek rám ilyen rémült arccal! A lábam teljesen rendbe jött, hála a gondos ápolásnak. – mondta mosolyogva. – Csak akadt egy kis dolgom, s mivel a vásárlás úgysem tartozik a kedvenc időtöltéseim közé, arra gondoltam, magatokra hagylak benneteket. - Mindketten csodálkozva néztek rá, de ő nem árult el többet. Dick szívesen megtudakolta volna, mi dolga akadhatott, hiszen néhány napja még Barry hangsúlyozta, hogy teljesen szabaddá tette magát arra az időre, míg Helga itt van. Valószínű, hogy megint készül valamire. „Előbb – utóbb úgyis beavat!" – mosolyodott el magában az öreg, hangosan csak ennyit mondott:

- Rendben, de ha keresnél, a csarnokban leszünk. – és mielőtt Barry elfordult volna, jelentőségteljesen nézett fiára. Helga azonban nagyon csalódott volt. Tudta, hogy tulajdonképpen semmi oka nincs erre az érzésre, és joga sincs neheztelni a férfira, mégis nagyon rossz hangulatban követte Dicket az autóhoz. Borús gondolatai azonban hamarosan messzire repültek. Álmában sem gondolta volna, hogy ennyire mókás dolog a bevásárlás.

- Egy órával később Barry már abban a bizonyos ruharaktárban volt, ahol két napja Helgával jártak. Mrs. Wolfot kereste. Ott azonban csak egy mogorva öregembert és néhány fiatalabb szabászt talált. Hiába magyarázta, hogy ő egy kedves, fehérhajú, öreg hölgyet keres, senki sem tudta, kiről beszélhet.

- Dolgozott itt egy hasonló nevű asszony, de ő már réges – régen nyugdíjba ment. Talán már nem is él. Én vagyok itt a főnök, már vagy 20 éve. – magyarázta az öreg, s állította, hogy két nappal ezelőtt a raktár zárva volt, mert forgatási szünet volt, ő pedig a nővérét látogatta meg vidéken. Barry hitetlenkedve hallgatta az öreget, hiszen ők itt jártak, ebben a raktárban. Vagy tévedne? De nem, minden részlet a helyén van. Pontosan ugyanolyan minden, mint két napja.

- Akkor azt sem tudja, hogyan találhatnám meg azt a zöld ruhát? – kérdezte csalódottan az öreget.

- Nézze, fiatalember! Ha van kedve, tőlem átnézhet itt mindent, hátha rálel. De én csak akkor tudok segíteni, ha vagy a ruha leltári számát megmondja, vagy legalább azt, ki viselte, és melyik produkcióban.

- Mrs. Wolf szerint...Jó, tudom, ő már régen nincs itt – mondta gyorsan Barry, mikor látta, hogy az öreg félbe akarja szakítani – szóval, ő azt mondta, hogy a ruhát nem hordta senki, mert mikorra elkészült, vagy kihúzták a jelenetet, vagy a színésznőnek nem tetszett, már nem is tudom. Sajnos, a nevére nem emlékszem. Lehet, hogy az öreg hölgy nem is említette. – gondolkodott el Barry.

- Hát, akkor fiam, keresse csak, ha van kedve. – fejezte be az öreg a beszélgetést. – Ha véletlenül megtalálná, tudja, mit kell tennie. – szólt még vissza, majd sarkon fordult, és faképnél hagyta Barryt.

- Igen, tudom, és köszönöm. – felelte Barry, és elindult a sorok között, s közben hangosan gondolkodott: „Ha jól emlékszem, abból a sorból jött elő, ami pont szemben van a próbafülkének." Idézte fel a történteket Barry, és el is indult, abba az irányba. Az öltöző ajtaja nyitva volt, s a férfi akaratlanul is benézett. Nem akart hinni a szemének! A ruha az összes kiegészítőjével ott volt gondosan becsomagolva, és egy gondolára akasztva. De úgy tűnt réges – régen senki hozzá sem nyúlt. A nejlontasak meglehetősen poros volt, s mikor a férfi leemelte a gondoláról, tekintélyes mennyiségű por hullott a cipőjére. Ám őt ez most egyáltalán nem érdekelte.

- Ez az! – kiáltotta örömmel Barry. A mogorva öreg raktáros rosszallóan ingatta fejét, mikor a férfi elviharzott mellette.

- Soha életemben nem szórakoztam ilyen jól vásárlás közben, és nem nevettem ennyit már hosszú évek óta. – lépett be jókedvűen Helga Dick kíséretében a konyhába, hatalmas papírzacskókat cipelve. Dick ártatlan arccal nézett rá, amitől az asszonynak újra nevethetnéke támadt. Eddig is kedvelte az öreget, ám a mai délelőtt után teljesen a szívébe zárta. Egy hatalmas csarnokba vitte a férfi, ahol a világon mindent be lehetett szerezni. Helga elámult a kínálat bőségességén. Bár már itt volt néhány napja, még mindig nem tudott hozzászokni a méretbeli különbségekhez. Az emberek nem különböztek sokban az otthoniaktól. Legtöbbjük nagyon kedves volt. Dick valószínűleg nem most járt itt először, mert pontosan tudta, hol, és kinél, kell vásárolni. Fantasztikusan alkudott az árusokkal, s közben hol öregapó volt, aki kettőig sem tud számolni, és azt sem tudja, mi a különbség a borsó és a bors között, hol híres szakácsnak adta ki magát, s kényeskedve szemlélgette az árusok kínálatát, mikor mi jutott az eszébe, s mikor milyen volt az eladók reakciója. Előfordult, hogy Helga férjének nézték, máskor az édesapjának. Dick pedig csak adta alájuk a lovat. (Mellesleg Helga nagyon boldog lett volna, ha Dick tényleg a papája lenne, vagy legalább az ő apja is olyan lenne, mint Dick.) Az asszonynak sokszor a könnyei potyogtak a visszafojtott nevetéstől. Dick olyankor cinkosan rákacsintott, vagy felhúzta a szemöldökét, vagy a bajszát, s a nőből abban a pillanatban kitört a nevetés. Az árusok meg csak bámultak, s nem értették, mitől van olyan jó kedvük. És egyáltalán, felnőtt emberek, miért viselkednek úgy, mint a gyerekek. Őket azonban egyáltalán nem érdekelte mások véleménye. Remekül érezték magukat. A csomagok szaporodásával Dick mindenféle trükköt talált ki, hogy minél kevesebbet kelljen cipekedniük. A végén addig udvarolt egy árusnak, míg az elszállította őket a kocsijukig.

- Nagyon kíváncsi vagyok, mi minden finomat készítesz ezekből, nagyon ígéretesnek tűnik. Ennyi felséges alapanyag! – nézett körül Dick, míg az asszony kipakolta a csomagok tartalmát. A férfi azonban olyan arccal vizsgálgatta a rengeteg holmit, hogy az asszonynak újra csak nevetnie kellett. – Alig várom, hogy neki kezdjünk! - Dörzsölte össze a tenyerét, és várakozva nézett a nőre.

- Én is segíthetek? – lépett be Barry váratlanul, s örömmel nyugtázta, hogy remek a hangulat. Az asszony szeme könnyes volt, a nevetéstől. A ruhát becsomagolva elrejtette a szobájában. Már előre eltervezte, hogy mikor adja át. Dickkel egy búcsú partyt akarnak szervezni, és vagy a partyn, vagy előtte lepi meg vele Helgát. Ezt pontosan még nem döntötte el.

- Barry! – kiáltották egyszerre.

- Te lókötő! – veregette meg a fia vállát Dick nevetve. – Fogadjunk, hogy csak a cipekedést akartad megúszni! De nem toltál ám ki velünk! Remekül mulattunk! Ugye, kedvesem? – lépett oda az asszony mellé, és cinkosan belékarolt.

- Jóságos ég! Ezt mind most vettétek? – kérdezte csodálkozva Barry.

- Remek móka volt! Engedd meg, hogy bemutassam Mrs. Dick Marksont – fordult fia felé az öreg. Barrynek a lélegzete is elakadt egy pillanatra. Helga azonban nem bírta sokáig, és kitört belőle a nevetés. Dick csatlakozott hozzá, majd nagyvonalakban elmesélték Barrynek a bevásárlás néhány részletét.

- Nos, uraim, ha gondolják, kezdjünk hozzá, mert nem fogunk elkészülni. Még mindig akarsz segíteni? – kérdezte Barryt. A férfi bólintott. – Akkor kérlek, tisztítsd meg a krumplit. Dick, a zöldségeket, ha kérhetem. Én vállalom, a hagymát. – Néhány perc múlva azonban kénytelen volt rájönni, hogy segítői nem állnak a helyzet magaslatán. Először is folyton panaszkodtak, hogy csípi a szemüket a hagyma, és túl sok a tisztítani való:

- Mi a csudáért nem vettetek tisztított zöldséget? – kérdezte bosszúsan Barry, mikor ráadásul még a kezét is elvágta. Most Helgának nyílt alkalma csipkelődésre. A két férfi szemmel láthatóan nem bírta a vér látványát. Az asszony gyors, határozott mozdulatokkal bekötötte a férfi sebét. S fájdalomcsillapításként megsimogatta az arcát, sőt, még egy puszit is adott a fájós kezére. Persze fogalma sem volt arról, Barry közben mit érez. Legszívesebben magához húzta volna, és megcsókolta volna a nőt. Nagyon kellett igyekeznie, nehogy az asszony észrevegye, mennyire vágyódik az érintésére. Ezért hangosan méltatlankodott, hogy csípi a fertőtlenítő, túl szoros a kötés, fáj a seb...stb., stb.

- Olyanok vagytok, mint a gyerekek! Csináljatok inkább egy jó kávét, és hagyjátok rám a főzést! – hessegette el a pulttól a két férfit Helga. Szerencsére gyorsan végzett a tisztogatással. A dolga azonban nem lett könnyebb, mert ahogy a finom illatok elkezdtek a fazekakból felszállni, a két önjelölt kukta rögtön az asszony körül sürgött, s hol Dick, hol Barry csent egy – egy falatnyit. – Ha mindent felfaltok, mi marad a többieknek? – méltatlankodott a nő.

- Majd rendelünk pizzát! – válaszolták kórusban, de olyan egyszerre, mintha vezényeltek volna nekik. Ezen, megint jót mulattak. Persze Dick kíváncsi volt minden egyes mozzanatra, amíg az ételek készültek. Barryt azonban nem érdekelte annyira a főzés, mint inkább a végeredmény. Meg az, hogy hogyan ugrathatja apját és Helgát. Olyan bolondos csínyeket eszelt ki, mint egy tízéves gyerek, úgyhogy egy idő múlva komolyan felmerült az elfenekelés vagy a sarokba állítás kérdése. Végül is Helga találta meg a megoldást, mivel lehetne lefoglalni Barryt. Egy kis hízelgés, némi fenyegetőzés után Barry hajlandónak mutatkozott arra, hogy megterítse az asztalt. Amíg ő az abrosszal, szalvétákkal, és evőeszközökkel bíbelődött, Helga és Dick befejezték az ételek készítését, és tálakba, tálcákra rendeztek mindent. Már csak az utolsó simítások voltak hátra, mikor Vicky és Charlie megérkeztek. Mindketten rögtön a konyhába siettek. A finom illatok és a pompázatos látvány őket sem hagyta hidegen. El – elcsentek egy – egy falatot. Helga és Dick eleinte próbálta kitessékelni a társaságot az étkezőbe, de mikor Barry is csatlakozott a kotnyelesekhez, Helga feladta a harcot. Elnézést kért és felszaladt átöltözni. Dick pedig némi itallal próbálta átcsábítani a többieket az asztalhoz. Mire

Helga – alig tíz perc múlva – csatlakozott hozzájuk, Scott is megérkezett egy hatalmas virágcsokor kíséretében. Míg Helga Dick segítségével vázába tette a virágot, Barry elképedve nézte, hogy az asszony milyen csodásan fest. Egész nap a konyhában sürgött – forgott, s a fáradtságnak nyoma sem látszik rajta. Almazöld nyári ruhát vett fel, s hozzá egy kevés zöld festéket tett a szemhéjára. A haját csak fényesre fésülte, de nem tűzte fel, csak egy pánttal fogta hátra. Mikor elhaladt mellette, érezte milyen puha és selymes a haja. Az érintéstől megborzongott. Lopva körülnézett, észrevette – e valaki, de szerencsére mindenki az apjára figyelt, aki éppen az első fogást konferálta fel. Bosszúságára az asztalnál nem tudott az asszony mellé ülni, mert a fiúk közrefogták, s neki semmi használható indok nem jutott eszébe, amiért valamelyikükkel helyet tudna cserélni. Arra persze álmában sem gondolt, hogy az asszonynak is végig ugyanez járt a fejében. Bármit is mondott, vagy tett mióta megérkezett, semmi nem tudta elterelni a gondolatait arról, mennyire vonzódik a férfihoz. Arra azonban nagyon vigyázott, nehogy valami módon elárulja magát. Nem akart szánalmas helyzetbe kerülni, azzal, hogy a férfi elutasítja. Ez a pajkos – baráti viszony ideálisnak tűnt, bár voltak pillanatok, amikor úgy érezte, leleplezödik. Mint délelőtt is, mikor bekötözte Barry kezét. Mostmár tudja, meggondolatlanság volt az a puszi, de Barry közelsége egy másodpercre elvette az eszét. Lehet, hogy jobb is, hogy most nem ül mellette...

- Azaz igazság, hogy nagyon bízott a vacsora sikerében, de ilyen lelkes fogadtatásra nem számított. Dick mókás beajánlásai, a fiúk egymást túllicitáló dicséretei, Vicky csipkelődése, amivel a fiúkat ugratta, fantasztikus hangulatot teremtettek. Helga örömmel figyelte, hogy milyen jóízűen falatoznak, s nem csak udvariasságból dicsérik a főztjét.

- Ez, valami mennyei, - áradozott Scott.

- Megtartunk, nem engedjük, hogy hazamenj! – bohóckodott Charlie.

- Legfeljebb, majd ti jöttök el hozzám látogatóba, s akkor olyat is főzök, amihez most nem volt elég az idő! – nevetett az asszony.

- Meg kell adnod a recepteket! – kérte Vicky.

- Ugye, azért most nem akartok arról beszélgetni, hogy mi hogyan készült? – kérdezte Barry megjátszott kétségbeeséssel. – Apa már az első este ezzel untatta szegény Helgát. Attól féltem, ijedtében hazáig szalad, és ...

- Nem inkább te voltál az, aki láthatólag halálra untad magad? – vágott a szavába Dick. – Alig vártad, hogy valami másról kezdjünk beszélgetni. Folyton közbekotyogtál valami butaságot!

- Csak, mert féltem, hogy Helga azt hiszi, szakácsképzőbe csöppent! – nevetett Barry, s közben az asszonyra emelte a poharát. A többiek követték a példáját. – A mi elragadó magyar szakácsnőnkre!

- A meghívást, pedig nem felejtjük ám el! – toldotta meg Charlie. – Egyszer csak beállítunk, és jól kifosztjuk a kamrádat!

- Állok elébe! Csak bírjátok gyomorral! Most is azért állítottam így össze a menüt, mert általában, aki nincs hozzászokva, annak elég megterhelő szokott lenni a mi konyhánk.

- Az én gyomrom, mindent bevesz! – felelte Charlie, és egy nagy falat csirkét gyömöszölt a szájába.

- Csak aztán ki is adod idő előtt. – nevetett Scott.

- Nagyon sokat dolgozhattál, mire elkészült ez a sok finomság. – szólalt meg újra Vicky.

- Á, semmiség! És tudod, remek segítőim akadtak. – kuncogott Helga. – Barry a vérét adta, hogy időben elkészüljek. Sőt! Abba is besegített, hogy minél kevesebb alapanyag menjen veszendőbe, és rendszeresen ellenőrizte, hogy kellőképpen fűszeres, és elég puha – e már az étel.

- Hát nem vagyok fantasztikus! – replikázott rá Barry, és nevetve az asszonyra kacsintott.

- Mi tagadás, a nap végére nagyon elfáradt, de rettentő boldog is volt. Vicky felajánlotta, hogy segít rendet rakni, amit persze nem fogadtak el. Miután az utolsó vendég is távozott – jóval éjfél után – Dick aludni akarta küldeni Helgát. Ő azonban ragaszkodott ahhoz, hogy ha ő főzött, ő is rak rendet. Mikor azonban Barry felajánlotta, hogy Dickkel eltörölgetnek, és a helyükre pakolnak mindent, nem mondott nemet. Amikor mindennel elkészültek, Dick még egyszer megköszönte a remek vacsorát, és elköszönt. Barry és Helga a kanapéra kuporodtak zenét hallgatni. Barry töltött magának egy pohár bort, és felajánlotta, hogy Helgának is hoz valamit. Az asszony rövid gondolkodás után egy kevés bort kért. Barry csodálkozott ugyan, de nem szólt egy szót sem.

- Tudom, hogy meglepődtél, hogy bort kértem, de a kávéhoz már kicsit késő van. A jegestea, vagy az ásványvíz nem igazán illik a hangulathoz. – magyarázta a döntését a nő.

- Fantasztikus este volt! Mindenkit levettél a lábáról. Nagyon büszke voltam ám rád! – felelte Barry, közben kezében forgatta a poharát, s elmélyülten vizsgálta benne a rubinvörös, illatos nedűt. – Egy ideig csendben ültek, nézték a tűz pattogását a kandallóban, és hallgatták az asszony lemezét, mikor Helga váratlanul megszólalt:

- Barry, ugye mondhatjuk, hogy a barátom vagy?

- Hát persze! – felelte csodálkozva, és gondolatban hozzátette „Bárcsak több is lehetnék!" – de mielőtt bármit is kérdezhetett volna, az asszony folytatta:

- Akkor, mint barátomtól kérhetek tőled valamit? – Barry némán bólintott, mire az asszony így szólt: - Kérlek, ölelj át! Tudod, annyira boldog vagyok, de nem tudom megosztani senkivel, és ettől szomorú leszek. Nem akarok szomorú lenni!

- Barry szó nélkül magához húzta az asszonyt, és szorosan átölelte, mintha a világ minden bajától meg akarná óvni. Éppen akkor kezdődött egy ismerős dal, s ezt kezdte dúdolni, közben akaratlanul is simogatta Helga haját.

- Nagyon szép hangod van! Én sajnos nem tudok énekelni. Pedig annyira szeretnék. Nagyon, nagyon szeretnék... - suttogta Helga, de a mondat végére a fáradtság és a bor hatására elaludt. Barry csak ült mellette, és simogatta a haját.

- Ugye milyen gyönyörű éjszaka van? – lépett ki fiához a teraszra Dick.

- Apa, - rezzent össze Barry – nem tudsz aludni?

- Csak egy pohár vízért jöttem, s közben megláttalak. Helga alszik?

- Igen. Egy ideig itt üldögéltünk a kandallónál, iszogattunk, zenét hallgatunk...

- Iszogattatok? - kérdezte Dick kissé meglepőve. – Úgy tudom, ő sosem iszik.

- Most is inkább csak szagolgatta. – mosolyodott el Barry. – De olyan fáradt volt szegény, hogy még ez is megártott neki. Megkérdezte, hogy átölelném – e. Nem akart semmi rosszat – tette hozzá gyorsan, mikor látta, hogy apja felvonja a szemöldökét -, csak meg akarta osztani az örömét valakivel. Nagyon boldog, hogy a mai este ennyire jól sikerült. Azután arról beszélt, mennyire szeretné, ha tudna énekelni. Majd mielőtt bármit is kérdezhettem volna, a vállamon aludt el. A karomban vittem az ágyába. Közben átölelte anyakamat. Apa! Nem tudtam megállni, amikor betakartam,...megcsókoltam. Ő visszacsókolt, és azt mondta „szeretlek Barry!" Persze, tudom, hogy csak álmodott, és reggelre úgysem fog emlékezni semmire. De én tényleg beleszerettem!

- Tudom, fiam! – felelte csendesen Dick. – Figyellek napok óta, s látom, hogyan változtál meg. Napról napra vidámabb, felszabadultabb vagy, és egyre többször lágyul el a tekinteted, amikor rá nézel. Láttam, hogy megpróbálod eltitkolni, még magad elől is, hogy mit érzel. De gondoltál rá, hogy nemsokára elutazik? Ennek a kapcsolatnak nincs semmi jövője!

- Igen, tudom. – felelte szomorúan Barry. – Máson sem jár az eszem. Bárcsak itt tudnám tartani, de tudom, hogy ehhez nincs jogom. De azt nem hagyom, hogy teljesen eltűnjön az életemből! Talán megengedi, hogy néha felhívjam, vagy küldjek neki egy e – mailt. A többit, pedig bízzuk a sorsra. Arra ugye megkérhetlek, hogy mindez maradjon közöttünk.

- Hát persze, fiam! De most már te is menj lefeküdni! Jó éjt!

- Szervusz, apa! – köszönt el Barry, és elindult, a szobája felé. Dick gondterhelten nézett utána. Sejthette volna, hogy ez lesz. Helga túl kedves ahhoz, hogy Barry szívét ne érintené meg. Ha teljesen őszinte akar lenni, egyáltalán nem bánná, ha Barry és ő egy pár lennének. De tudja, hogy ez lehetetlen. Csak Barry ne vegye túlságosan a szívére, ha majd el kell válniuk.

Ahhoz képest, hogy az éjszaka milyen keveset aludt, Barry meglepően frissen ébredt. Egy gyors zuhany után éppen azon gondolkodott, mit is vegyen fel, mikor megakadt a szeme a komódon. Még akkor tette oda a lemezt, mikor a stúdióból hazaértek. Azóta sem jutott eszükbe, hogy megnézzék. Pontosabban mindig csak akkor jutott eszébe, mikor a fiatal operatőr, Matt telefonált, és érdeklődött, hogy mehet – e már érte, kiválogatták – e már, melyik képeket kérik. Barry ilyenkor mindig elnézést kért, és megígérte, hogy hamarosan jelentkezni fog.

- Mostmár tényleg nincs mese! Át kell néznünk a fotókat. Szegény Matt már többször hívott, hogy mikor jöhet érte. – lobogtatta meg a kezében a lemezt Barry. Majd karon fogta az asszonyt, és a dolgozószobába vezette. Dick felajánlotta, hogy addig készít valami reggelit, de a fiatalok úgy döntöttek, hogy majd esznek valamit a városban. A reggeli kávéról azonban nem tudtak lemondani, így míg a számítógép bekapcsolt, Barry engedélyezett egy gyors kávét. – Gyere, essünk túl rajta. – húzott egy széket maga mellé, és még egy párnát is dobott rá, hogy az asszony minél kényelmesebben tudjon ülni rajta. – Tudom, hogy a fények nem a legideálisabbak, de ha akarod, besötétíthetek.

- Jó lesz így is, majd közelebbről nézzük. – felelte Helga.

- Hát, akkor lássuk! – kattintott a megfelelő billentyűre Barry. Az első képen Helga egy virágokkal díszített hintán ül, Barry mögötte áll, és meglökni készül a hintát.

- Te jó, ég! Micsoda grimaszt vágsz! Ennyire nehéz lennék? – nevetett Helga. Barry közelebb húzódott, mert nem látta jól a képernyőt.

- Szerintem itt nyúltam bele a virág drótjába. – felelte komolyan a férfi.

- Nem is mondtad, hogy baleset ért! – nézett rá meglepődve Helga.

- Mert nem akartam, hogy anyámasszony katonájának láss! Nézzük a következőt! – kattintott újra a Barry. Most egy motoron ültek, Helga átölelte a férfit, és a szemét is úgy hunyorította, mintha száguldanának, mert Matt még egy kisebb szélgépet is bekapcsolt a hitelesség kedvéért, és a szél tényleg zavarta.

- Ha otthon meglátják, hogy egy ekkora motorra ültem, el sem hiszik. Ugyan is nagyon utálom, ezeket a nagy gépeket. Pontosabban nézni szeretem a szép motorokat, de felülni félek. – Barry csak mosolygott, és tovább léptetett.

- Nem is emlékeztem, hogy ilyen sok felvételt készítettünk. – szólt csodálkozva, majd hozzátette – Jó lesz igyekeznünk, mert így semmit sem fogunk tudni teljesíteni a mai programból. – „Pedig szívesen üldögélnék itt veled akármeddig" folytatta gondolatban Barry. Nagyon kellemes érzés volt, összebújni az asszonnyal, érezni haja selymességét, beszívni az illatát. Alig mert lélegzetet is venni, nehogy megmozduljon, és megszűnjön az a varázslat. De, mint minden jó dolog az életben véget ér, a képek is elfogytak, és már nem volt indok továbbra is így maradni. Úgy határoztak, hogy mindegyik képről kérnek nagyított fotót, és beköttetik egy albumba.

- Majd út közben beadjuk Mattnek. – kapcsolta ki a gépet Barry. Helga sajnálta, hogy máris befejezték, mert nagyon élvezte a férfi közelségét, a bőre melegét, az illatát. Már nagyon régen volt, hogy egy férfi ilyen hatással volt rá. És ennek semmi köze sem volt ahhoz, hogy Barry színész. Valójában, ha nem emlékeztetnék erre a tényre a képek, a szövegkönyvek, eszébe sem jutna. Számára csak egy végtelenül kedves, szeretni való, és mellesleg fantasztikusan jó képű fickó, akinek remek a humora, részegítően kellemes a hangja, és van egy hasonlóan fantasztikus apja. „Milyen furcsa, hogy eddig sosem érdekelt, hogy annak, aki megtetszett, milyenek a szülei. Tulajdonképpen most is csak hab a tortán, hogy Dick is ilyen elragadó, nem csak a fia. Már mintha ez bármit is számítana, hiszen ők csak jó barátok! Ezt nem szabad elfelejtenem! Bár az a tegnap esti csók álmomban..."

- Talán valami baj van? – fordította maga felé a nő arcát Barry. – Már egy ideje szólongatlak, és te meg sem hallottad!

- Bocsáss meg, csak elgondolkodtam. – felelte Helga

- De remélem szépek voltak azok a gondolatok, mert nem szeretném, ha bármi is bántana, vagy valami miatt aggódnál!

- Nem, nem bánt semmi, szépek voltak a gondolataim. – válaszolta gyorsan a nő, talán kicsit gyorsabban, mint kellett volna. Barry figyelmét nem kerülte el a nő pillanatnyi hangulatváltozása, és elhatározta, mindenképpen kideríti, mi lehet a baj. Most azonban indulniuk kell.

- Ha már úgyis ott jártak a stúdióban, beugrottak, a kantinba reggelizni. Később Barry már nem találta olyan jó ötletnek, mint az elején, mert folyton ismerősökbe botlottak. Az még egy dolog, hogy mindenkinek be kellett mutatnia vendégét, de voltak, olyanok, akik mikor megtudták, hogy Helga Európából érkezett, alig akartak elköszönni. Így a reggeli meglehetősen hosszúra nyúlt. Már erősen benne jártak a délelőttben, mire ténylegesen elindulhattak a belváros felé. Matt megígérte, hogy ha elkészültek a fotók, rögtön telefonál.

- Az sem baj, ha csak holnapra lesz kész, csak kössék is be. Köszönjük. – búcsúzott Barry, és elhatározta, hogy megkéri Judyt, küldesse haza az albumot, ha elkészült. Ha mégegyszer vissza kell jönniük, szinte semmire sem marad idejük. Most gondolt csak bele, milyen szerencséjük volt az első alkalommal, amikor itt jártak. Igaz, hogy akkor elkerülték a forgalmasabb helyeket, amerre a kedves „kollégák" sűrűbben megfordulnak. Barry maga is meglepődött, mennyire idegesítette, hogy meg kell osztania az asszony társaságát másokkal is. Legalábbis ezekkel a levakarhatatlan kíváncsiskodókkal.

Induláskor megbeszélték, hogy Helga némi ajándékot szeretne vásárolni az otthoniaknak, és Barry is meg akart még néhány dolgot mutatni neki, amire a múltkor már nem volt idő. És titokban újabb meglepetésre is készült. Valamit ő is adni akart az asszonynak, csak még azt nem tudta, mit. Valami olyan dolgot, amit mindig magánál tarthat, és amiről mindig az eszébe jut, ha ránéz. De vajon mit találjon ki? Először ékszerre gondolt, de aztán elvetette az ötletet. Hiszen ékszert az ember vagy a feleségének, vagy a menyasszonyának, esetleg a mamájának, vagy a lányának vesz. Sokáig törte a fejét, mi lenne a megfelelő ajándék. Végül is úgy határozott, hogy rábízza magát a véletlenre. Hátha történik valami, ami segít dönteni.

- Megint valami meglepetés? – kérdezte Helga, és fürkészve nézett a férfi szemébe.

- Remélem, szeretsz táncolni!? – válaszolt a kérdésre kérdéssel Barry.

- Szeretek, csak nem tudom, mennyire emlékszem még arra, hogyan is kell...

-Akkor jó lesz, ha felfrissíted a memóriádat! – nevetett Barry. – Estére ugyanis táncolni megyünk! Arra gondoltam, hogy ha valaki annyira szereti a jó zenét, mint te, valószínű, hogy táncolni is szeret.

- Valaha tényleg nagyon szerettem, de a partnereim egyik sem. – válaszolta Helga elgondolkodva, s mivel Barry kérdőn nézett rá, így folytatta: - Tudod a férjem előtt csak két komoly kapcsolatom volt, Mindkettő elég soká tartott. – Barry nagyon furcsán nézhetett az asszonyra, mert Helga elmosolyodott, és leült az egyik padra. – Na jó, akkor kicsit távolabbról kell kezdenem. De biztos, hogy érdekel?

- Tudod, hogy minden érdekel, ami veled kapcsolatos! – felelte a férfi és ő is leült.

- Nos, nagyon szerelmes típus vagyok. De nem csak szerelmes, hanem nagyon hűséges típus is. Már az óvodában is szerelmes voltam. Csak egyetlen kisfiúba, egész idő alatt. Ugyanez igaz az általános iskolára is. Ott is ugyanazt a fiút szerettem évekig. Persze csak messziről. Tizennégy évesen kezdtem el járni valakivel, akivel két évig voltunk együtt. Akkor megismertem egy másik fiút, akivel négy évig jártam. Azután két évig csak én szerettem valakit, ő észre sem vett. S akkor jött a férjem. Szóval összesen három kapcsolatom volt, amiből a harmadik házasság lett. De a háromból egyik sem volt hajlandó táncolni vinni. Mindegyik falábú volt! Hát ennyi a történet. – sóhajtott fel Helga, és nevetve még hozzáfűzte – Nem túl érdekes az egész! Úgyhogy jól gondold meg, mire vállalkozol!

- Bízz bennem! – nézett komolyan a nőre Barry, és elhatározta, hogy felejthetetlenné teszi a mai estét midkettőjük számára. – Most, ha nem haragszol, telefonálnom kell! Addig nézd meg, találsz – e valami kedvedre valót ott... - és egy hangulatos butikra mutatott, ahol mindenféle turistáknak való holmit árultak. – Rögtön jövök én is. – szólt még az asszony után, majd gyorsan tárcsázott.

A délután hátralévő részében nem esett több szó az esti programról, bár Barrynek néha megcsörrent a telefonja, de legtöbbször csak üzenete érkezett. Ilyenkor hol mosolyogva, hol kevésbé jókedvűen nyugtázta a kapott információkat. Helga nem kérdezett semmit, bár furdalta az oldalát a kíváncsiság, tudta, hogy úgysem sikerülne kihúznia Barryből, mire is készül. Abban biztos volt, hogy nem fog csalódni. Barry remek szervezőnek bizonyult, és nem is akarta igazából elrontani a meglepetést. Egész életében arra vágyott, hogy valaki úgy törődjön vele, mint ez a férfi. És a meglepetéseket is szerette. Már kisgyerekként sem kért soha semmit születésnapjára, vagy karácsonyra. Azt szerette, ha nem tudja, mi van a csomagban. De legtöbbször tudta. Sajnos. Így most rettenetesen élvezte Barry meglepetéseit, még, ha csak egy gombóc fagyi volt is. Ugyanis Barry épp most lepte meg egy hatalmas tölcsér finomsággal. Nevetve majszolták a hideg édességet, s közben Barry szigorú képpel vizsgálta a csomagokat.

- Nem vitted kissé túlzásba? – kérdezte, a csomagokra mutatva.

- Azaz igazság, hogy amikor az eladó megtudta, hogy honnan jöttem, akkora árkedvezményt adott, hogy már nem volt lelkem visszautasítani. Ráadásul tudom, hogy a gyerekek, nagyon fognak örülni mindennek. De ha így folytatom, még egy bőröndöt is kell vennem, hogy legyen miben hazavinnem. – mondta, s erre mindketten jót nevettek.

- Tudod, sosem találkoztam még hozzád hasonló nővel. Akiket eddig én ismertem, már régen körbejáratták volna velem a város összes üzletét, és mégsem tudtak volna dönteni. Te pedig bemész egy üzletbe, és kész!

– gondolkodott hangosan Barry. – Ha nincs más, amit el akarsz intézni, akkor mehetünk is! Illetve, most jut eszembe, még nekem is kellene vásárolnom, - csapott a homlokára. Persze még mindig halvány elképzelése sem volt, hogy mit. Arra számított, hogy Helga is, mint a többi nő, majd jó sokáig fog nézelődni, válogatni, ő pedig megfigyeli, van – e valami, amit szeretne, de mégsem vesz meg magának. Most mit találjon ki? Már éppen kezdett volna magyarázkodni, hogy kinek, és mit akar venni, mikor hangos szóváltásra lettek figyelmesek. Egy kisgyerek tört össze valamit, és az anyukája nem akarta kifizetni a boltos kárát. A szóváltásnak egy idős hölgy vetett véget, aki megsajnálta a kisfiút, és felajánlotta az eladónak, hogy majd ő rendezi a kárt. A gyerek anyja annyira elszégyellte magát, hogy szó nélkül kifizette a kért összeget, és köszönés nélkül elviharzott, maga után rángatva a kisfiát. Az üzlet azonban felkeltette Helga érdeklődését, és megkérdezte Barryt nagy baj lenne – e, ha még oda benéznének. Barry lelkesen támogatta az ötletet. Odabent mindenféle gyönyörű dolgot találtak

- Érdekes – súgta oda Helgának Barry – kívülről nem is látszott, mennyi szép dolog van itt. – Helga egyetértően bólogatott. A férfi figyelmét ismét csak az öreg hölgy vonta magára, mikor megpróbált alkudni az eladóval. Valamit nagyon szeretett volna megvenni valakinek, de nem volt elég készpénze, s az eladó nem volt hajlandó kártyát elfogadni. Barry közelebb sétált, és látta, hogy egy kecses nyakláncot tart az eladó a kezében. Az öreg hölgy végül is megköszönte a boltosnak, hogy megmutatta neki a láncot, és távozni készült. Az eladó utána szólt:

- Ha gondolja, félre tehetem magának...

- Köszönöm, kedvesem ne fáradjon, úgy látom, jobb helyre is kerülhet. – válaszolt szelíden az öregasszony, majd egy pillanatra Barryre, utána pedig Helgára nézett, és kisétált az ajtón. Barry csodálkozva nézett utána. Egy pillanatra ismerősnek tűnt az asszony, de Barry nem emlékezett, hol is látta. Azonban nem maradt ideje a gondolkodásra, mert az eladó most hozzájuk fordult:

- Segíthetek valamiben?

- Köszönjük, csak nézelődünk. – válaszolta Helga s tovább gyönyörködött a kínálatban. Barry azonban a pulthoz lépett, és intett az eladónak, hogy megnézné azt a láncot. A fiatal lány Barry kezébe adta az ékszert.

Barry abban a pillanatban, ahogy a kezébe vette a láncot, tudta, hogy ez lesz a tökéletes ajándék. A láncon hét apró ezüstfoglalatú apró kék kő függött. Éppen olyan színűek voltak, mint az óceán, és pontosan annyi, ahány boldog nappal Helga megajándékozta a férfit. Hiszen, már az első napon tudta, érezte, hogy csoda történt. S azóta minden reggel hálát ad a sorsnak, hogy az asszony még itt van vele. És itt is marad, még ha két nap múlva haza is utazik. Itt marad az emlékeiben, és az óceán illatában, a napsütésben, a szél simogatásában. Ő pedig vele lesz a lánc segítségével minden nap. Intett az eladónak, hogy meglepetés lesz. A lány bólintott, és egy darab papírt tett Barry elé. Ő gyorsan leírta a címet, ahova a kiszállítást kéri, s anélkül, hogy Helga észrevette volna, kifizette az ékszert.

Fáradtan, de nagyon elégedetten érkeztek haza. Dick otthon várta őket. Barry nem győzött áradozni, hogy Helga milyen gyorsan lerendezte a vásárlást. Dick nevetve mesélte Helgának, hogy Barry mennyire utálja az üzleteket járni.

- Apa, tudod, hogy ez a nő egy kincs! – mutatott Helgára Barry. – Ezt nem fogod elhinni! Egy pár percre magára hagytam, mert telefonálnom kellett, mire visszaértem, már meg is vett mindent. Nem akartam hinni a szememnek. Kimentünk a mólóra,...

- Elképesztően gyönyörű volt a kilátás! – vágott közbe az asszony, és csillogó szemekkel mutatta a gépét. - Rengeteg fényképet készítettem. Barry annyi mindent mesélt, és mutatott meg, hogy félek, a felét sem tudtam megjegyezni. Napokig tudnám nézni az óceánt, és nem unnám meg!

- Ma estére mi a programotok? – váltott témát az öreg, mert Barry nagyon furcsa üzenetet küldött, és szerette volna végre megérteni, mit is akar a fia. Ő azonban egy szemvillanással jelezte az apjának, hogy majd megbeszélik, ha kettesben maradnak. Az asszony azonban nem vette észre a néma jelenetet, s mivel Barry nem válaszolt, az apja kérdésére, abbahagyta a csomagok rendezgetését, és Dick felé fordult:

- Barry táncolni visz! – felelte – De szerintem, nem tudja, mire vállalkozik Ezer éve nem táncoltam. Biztosan össze – vissza fogom taposni a lábát. Pedig kímélnie kellene magát.

- Nem tudtad, hogy szeretem, ha letapossák a lábamat? – lódította Barry – És, mint már mondtam, teljesen rendbe jöttem. Nyoma sincs annak a kis botlásnak. Most azonban pihenj egy kicsit! – karolt az asszonyba, és a szobája felé kormányozta. – Ha gondolod, alhatsz is egy keveset, hogy bírd az éjszakát, mert egész éjjel táncolni akarok veled! – szólt még Helga után Barry, mielőtt az asszony eltűnt az ajtó mögött.

- Már sötétedett, mikor Helga Barry keresésére indult a házban. A konyhában Dick fogadta:

- Egy csésze forró kávét, asszonyom?

- Köszönöm, uram - ment bele a játékba Helga. – Nem tudja véletlenül, hol találom a lovagomat? Elfelejtettem megkérdezni, hogy hova akar elvinni, és mit illik ott viselni.

- Szerintem, a kék ruhád tökéletesen meg fog felelni neki. – válaszolta Dick szórakozottan, míg kitöltötte a kávét a poharakba.

- Szóval, te tudod, mire készül! – nézett csodálkozva a férfira.

- Persze, hogy tudom. – felelte az öreg nyugodtan. – De nem árulom el!

- Nem is kértelek rá! Csak annyit kérdeztem, azt tudod – e hol van Barry.

- Arra kért, hogy mondjam meg, mire elkészülsz, ő is itt lesz. – válaszolta az öreg. Mivel Helga látta, hogy semmilyen használható információt nem tud kihúzni Dickből, megköszönte a kávét, és készülődni kezdett. Éppen a fülbevalóját kapcsolta be, mikor kopogtattak az ajtaján.

- Barry, de jó, hogy végre itt vagy. – fogadta a férfit őszinte örömmel.

- Asszonyom, állok rendelkezésére! Szabad a karját? – kérdezte Barry. – De ha nem haragszol, indulás előtt be kellene kötnöm a szemedet. – Helga mosolyogva bólintott, és hagyta, hogy a férfi egy selyemkendővel eltakarja a szemét. Majd érezte, hogy gyengéden átkarolja, és elindultak a kijárat felé. De Barry nem az autóhoz vezette, hanem le a tengerpartra. Helga érezte a talpa alatt a homok süppedését. Egyszer csak megálltak, és Barry levette a kendőt.

- Megérkeztünk! – hallotta a férfi hangját. Egy pillanatig azonban nem látott semmit. Aztán rájött, hogy a második pillanatban sem lát semmit, csak a csillagokat a feje felett, és a távoli házak fényeit. Még a hold is elbújt egy pillanatra, mintha csak segíteni akarna a meglepetésben.

- Barry, biztos, hogy jó helyen vagyunk? – kérdezte, de abban a pillanatban kigyúltak a fények, és Helgának még a lélegzete is elállt. Egyszerűen nem hitt a szemének. Egy gyönyörűen megterített asztal előtt álltak, nem messze tőlük egy frakkos szakács tálalta az ételt, amit valószínű, hogy a közeli étteremből rendelt Barry, és egy hasonlóan elegáns pincér várakozott arra, hogy kiszolgálja őket. Sőt! Barry még egy táncparkettet is építtetett. Minden kék és fehér színben pompázott. Az asztal hófehér abroszán gyönyörű kék díszítésű teríték, hozzá illő szalvétákkal. A virágok is kék és fehér színben voltak összeválogatva. És a táncparkettet is kék és fehér műanyag lapokból rakták össze, és ugyanolyan színű lampionok világították meg.

- Barry, ez fantasztikus! – szólt elragadtatva az asszony, s ahogy a férfira nézett elnevette magát. Hiszen ők is kék és fehér színekben pompáztak. Helga a kék selyem nyári ruhájában, Barry pedig hófehér öltönyben, és ingben. Fantasztikusan jól állt neki. „Tehát ezért mondta Dick, hogy ezt a ruhát vegyem fel." – jutott az eszébe az asszonynak, s ismét csak elismeréssel gondolt a férfi szervező tehetségére. Nem kis munkájába kerülhetett, mire mindent elintézett.

- A vacsora tálalva. – szólt szertartásosan Barry, és a székéhez kísérte a nőt. – Azonban volna itt még valami. Már mondtam, hogy gyönyörű vagy, de mégis csak hiányzik valami. Megtennéd, hogy kibontod ezt? – kérdezte a férfi, és egy apró csomagot nyújtott felé. Helga kibontotta a papírt, és felnyitotta a doboz tetejét. A nyaklánc lapult benne, s Barry legnagyobb meglepetésére egy, a lánchoz illő karkötő, ugyanolyan hét kék kövecskével, mint a láncon. Egy pillanatnyi gondolkodás után rémlett neki, hogy az eladó kisasszony még akart valamit mondani, de ő beléfojtotta a szót. Valószínű, hogy a karkötőt akarta mutatni.

- Ez gyönyörű, én nem is tudom... - szólt meghatódva. Egyáltalán nem volt hozzászokva az ajándékokhoz. Az ékszerekhez pedig főleg nem.

- Megengeded, hogy segítsek feltenni? – kérdezte Barry, és már nyúlt is a láncért. - Így ni! – szólt elégedetten, amikor a karkötőt is a csuklójára kapcsolta. – Most már tökéletes.

- Köszönöm. – mondta egyszerűen az asszony, de a pillantása sokkal többet mondott. Barrynek nagyon megható volt, Helga viselkedése. Nem tiltakozott, nem hálálkodott. Teljesen természetesen viselkedett, és mégis látszott rajta, mennyire örül a meglepetésnek. A legtöbb nő..."De mi a csudáért foglalkozom azzal, mit tenne a legtöbb nő!" – gondolta Barry. – „Már megszokhattam volna, hogy ő nem olyan, mint a legtöbb nő!

Inkább élvezzük a vacsorát!" A pincér egymás után hozta a finomabbnál finomabb ételeket. Remekül érezték magukat, ám látszott, hogy valami nagyon zavarja a férfit.

- Valami baj van? – kérdezte Helga, mert látta, hogy Barry nyugtalanul ül a székén.

- Azt hiszem, tudom, mi nincs még mindig rendben. – felelte a férfi. – Túlságosan távol vagy tőlem. – mondta, és már hozta is a székét közvetlenül Helga mellé. – Ugye nem zavar, ha melléd ülök?

- Egyszerre valahonnan halk zenét hallottak. Helga rögtön felismerte a saját lemezeit. Barry elégedetten mosolygott, mikor látta, hogy Helga felismerte a zenét.

- Felkérhetlek egy táncra? – kérdezte Helgától. Az asszony mosolyogva bólintott. Barry a karját nyújtotta, és a lampionokkal megvilágított táncparkettre vezette. Egy táncból azonban sok lett. Barry fantasztikus partnernek bizonyult. Helga sosem érezte még, hogy ennyire bódító, és egyben izgató is tud lenni az a pár lépés, amit megtettek egy – egy szám alatt. Barry szorosan magához ölelte, s ő boldogan simult a férfihoz. Teljesen megszűnt körülöttük a világ. Csak ketten voltak, felettük a csillagok, és a zene, ami mindent betöltött, és mindent elmondott helyettük. Egy csodálatosan szép dallam után Helga felemelte a fejét, és a férfi szemébe nézett. Barry megállt, de nem engedte el a derekát. Egy percig, vagy egy örökkévalóságig farkasszemet nézett az asszonnyal, majd lehajolt és megcsókolta. Helga úgy érezte, ilyen boldogság nem is létezik.

A kilátó egy magas sziklára épült. Nem is volt igazi kilátó, csak egy kiugró perem, aminek a szélére korlátot építettek, hogy aki arra sétál, le ne essen, és egy lábakon álló tetőt, ami némi menedéket nyújt az eső ellen. A korlát mellett a sziklából kivájt lépcsőn lehetett a pihenőből feljutni. Ez volt Barry egyik kedvenc helye. A kilátás egyszerűen pazar volt innen. Hegyek, és völgyek váltogatták egymást. A legszebb ősszel volt az erdő. Barry mindig elcsodálkozott, hogy a természet micsoda színpompával képes még az elmúlást is megünnepelni. A fák a sárga, barna és bordó összes árnyalatában tündököltek ilyenkor. De most is gyönyörű volt, ahogy a különböző fák, a zöld hihetetlenül sok színében pompáztak a szikrázó napsütésben. Valahonnan egy kis patak csobogása is idehallatszott. Szerencséjükre, nem találkoztak senkivel. Hétköznap nem igen fordult meg erre senki, mivel ez a hely nem volt rajta a turistáknak készített térképek egyikén sem. A férfi ezért is szeretet ide jönni, mert itt nyugodtan gondolkodhatott, anélkül, hogy valaki megzavarta volna. A pihenő füvére terítették a magukkal hozott pokrócot, és Barry a közepére tette a piknikes kosarat. Miután ettek pár falatot, sétálni indultak. Az út mellett szebbnél szebb virágok nyíltak. Helga nagy csábítást érzett, hogy virágot szedjen, de miután leszakított néhány szálat, meggondolta magát.

- Úgyis csak elhervadnának, mire hazaérünk. – mondta, és letette a virágokat a fűbe. Mivel Barry nem szólt egy szót sem, ő sem folytatta a beszélgetést. Mondanivalójuk lett volna, csak azt nem tudták, hogyan is kezdjenek hozzá. Már a reggel is sokkal visszafogottabban indult, mint azt eddig megszokták. Dick csak ült a pultnál, és felváltva hol Barryre, hol Helgára nézett. Barry úgy tett, mintha teljesen lefoglalná az újság, Helga pedig mintha a kávéscsésze összes apró mintáját meg akarta volna számolni. Az ételt is csak úgy piszkálgatták a villájukkal. Az öreg megpróbált ugyan beszélgetést kezdeményezni, de egy – két kósza igennel, és nemmel kellett hogy beérje. Barry végül is megsajnálta az apját, és letette az újságot:

- Apa, ma felmegyünk a kilátóba. Csak estefelé jövünk haza.
- De este, ha Barry is beleegyezik, vacsorázhatnánk együtt. – szólalt meg most az asszony is. – Ha akarjátok, főzök valami egyszerűt. – nézett most Barryre, aki egyetértően bólintott, és intett a fejével, hogy még mielőtt elindulnának, beszélniük kell. Dick komoly arccal bólintott.
- Helga, megkérhetnélek, hogy csomagolj be néhány szendvicset ebbe a kosárba? – kérdezte Barry és egy csinos piknikes kosarat tett a pultra.
– Csak arra az esetre, ha nagyon megéheznénk. Van a hegy lábánál egy helyes kis vendéglő, úgy gondoltam, hogy ott ebédelnénk. – magyarázta Barry. – Addig én előkészítem a kocsit. Apa segítenél? – Dick alig várta, hogy végre kettesben maradjanak:
- Fiam, mi volt ez a reggeli mosolyszünet? Történt valami az este, amiről jobb lenne, ha én is tudnék? – kérdezte az öreg szigorú arccal. Barry mosolyogva ölelte át az apja vállát.
- Tudod, apa, te vagy a világon a legfantasztikusabb! Nyugodj meg, semmi olyasmi nem történt, aminek nem lett volna szabad megtörténnie.

Csak azt hiszem, még mindketten az este hatása alatt állunk. Szavakkal nem is tudom elmondani, annyira varázslatos volt. De ezt majd később megbeszéljük. Azért kértem, hogy gyere ki most velem, mert a holnapi partihoz kellene még néhány dolog. – és egy listát húzott elő a zsebéből. Dick megkönnyebbülten sóhajtott fel. Átvette a listát és még éppen idejében hajtotta össze, amikor meghallották az asszonyt kijönni a házból. Átadta a kosarat Barrynek, s amíg ő betette a kocsiba, Helga Dickhez lépett, és csak ennyit súgott a fülébe:

- Köszönöm, hogy ilyen nagyszerű fiad van. – és egy könnyű csókot adott az öreg arcára. Dick mosolyogva simogatta meg a nő karját, és besegítette a kocsiba. Az úton nem sokat beszélgettek. Barry a tükörből figyelte az asszonyt, és néha együtt dúdolt a rádióval. Látszott rajta, hogy jó kedve van. Az asszony tudta, hogy ez a hallgatás, most teljesen mást jelent, mint a múltkor. Most boldogság sugárzik a szeméből, akkor csak tartózkodást tudott kiolvasni belőle. Most ott bujkál a mosoly a szája szegletében, akkor összeszorította az ajkait, és görcsösen szorította a kormányt, mintha hatalmas csatát vívna belül. Most dúdol, akkor meg sem szólalt. Az egyetlen, ami ugyanaz, hogy most is a tükörből figyel. Ugyanúgy, mint mikor megérkeztem. Azt hiszi, hogy nem vettem észre." – gondolta mosolyogva.

- Milyen messzire megyünk? – kérdezte Helga egy idő múlva.

- Már nemsokára ott vagyunk. Szerencsére, egészen hosszan fel lehet menni kocsival is. – magyarázta Barry. – Ha gondolod, délután elmehetünk még valahova. – s mivel Helga kérdően nézett rá, így folytatta. - Már nem is emlékszem, hogy mára mit is terveztünk, mikor megérkeztél. De azóta, mintha ezer év telt volna el. Az biztos, hogy ez a hely nem szerepelt az útitervedben. Ez ugyanis az én titkos helyem. Tulajdonképpen még senkit nem hoztam fel ide. Csak apát. De ő más....

- Tudom, - felelte csendesen az asszony, és Barryre nézett. A férfi rámosolygott, és kedvesen kacsintott egyet. Az autót pedig bekormányozta a parkolóba:

- Megérkeztünk. – mondta. – Innen gyalog megyünk.

- Az út a kilátóig nem volt hosszú, de annál szebb. Barry egyik kezében a kosarat fogta, a másikkal Helga kezéért nyúlt, és segített neki felkapaszkodni a lejtőn. Igazából nem volt szükség a segítségére, hiszen kényelmes sétaút vezetett egészen a tetőig. Kezük mégis, mintha önkéntelenül kapcsolódott volna össze.

- Ugye nagyon szereted a virágokat? – kérdezte váratlanul Barry, és a letépett virágokra nézett.

- Igen. – felelte Helga – Honnan tudtad?

- Már akkor észrevettem, amikor Scott virágait tetted vízbe, hogy milyen gyengéden bántál velük. Aztán amikor a városban jártunk minden virágárusnál megálltál megcsodálni, vagy megszagolni egy – egy virágot. És a parkokban is mindig megnézted őket. – emlékezett Barry. – Gyere együnk egy keveset, utána menjünk fel a kilátóba. – Javasolta, s az asszony mosolyogva bólintott. Bár félbevágott fatörzsekből két hosszú asztalt is állítottak a padok mellé, ők mégis úgy döntöttek, hogy a takaróra heverednek. Miközben a szendvicsüket majszolták, Barry elmesélte, hogy akkor talált erre a helyre, mikor néhány évvel ezelőtt nagyon mély depresszióba süllyedt. Helga sejtette, hogy ez akkor lehetett, amikor elvált, de nem szólt egy szót sem, csak hallgatta a férfit.

- Beültem az autóba, és csak úgy nekiindultam a délutánnak. Nem is nagyon figyeltem, merre járok, és egyszer csak itt kötöttem ki. Amikor felsétáltam ide, a nap éppen lemenőben volt. Elmondhatatlanul gyönyörű kép tárult elém. Csak álltam a korlátnál, és néztem a napot, a felhőket. Olyan nyugalom szállt meg, mintha semmi bajom sem lenne. Azután rendszeresen feljöttem, ha úgy éreztem, nem bírom tovább. A táj szépsége, a csend, fantasztikus hatással voltak rám. Itt nyugodtan tudtam gondolkodni. Sokkal reálisabban láttam mindent. Itt döntöttem el azt is, hogy haza költözöm apához. Ide jöttem fel gondolkodni, amikor megkeresett azaz iroda Magyarországról. Úgy érzem, innen mindig jobb emberként térek vissza. Neked is van ilyen varázslatos helyed otthon?

- Csak volt. A kertem. De elárult. – nézett szomorúan maga elé Helga. – Tudod, amikor beköltöztünk a házunkba, rengeteg energiát fordítottam a kertre. Gyomláltam, és sok – sok virágot ültettem. Locsolgattam, és ápolgattam. De a kert nem hálálta meg. Egyre több – és több gyomot termelt. A virágaimat pedig egy vihar teljesen összetörte.

- Szomorú történet. – simogatta meg a nő karját Barry. – Én viszont nem engedem, hogy szomorú legyél! Kérsz egy kis narancslevet? – amikor Helga igennel válaszolt, töltött a poharába, és így folytatta: - Tudod, hogy már majdnem egy hete itt vagy, és még egyetlen magyar szót sem tanítottál nekem?

- Ez nem igaz! Például a nevemet már majdnem tökéletesen ki tudod mondani. – nevetett Helga. – De, tessék, kérdezz! Mit szeretnél tudni?

- Lássuk csak, mit is? Például, hogyan kell azt mondani, hogy finom ez a szendvics? – Helga lefordította. Barry megpróbálta utána mondani, de csak részben járt sikerrel. – Na jó, akkor próbáljunk valami mást. – adta fel a próbálkozást a férfi. – Hogy mondjam azt, hogy szeretlek?

- Nálunk ezzel a szóval sokkal több mindent ki lehet fejezni. Például, mondhatja szülő a gyermekének, gyerek a szüleinek. Testvérek egymásnak, és barátok, és persze szerelmesek is. Tulajdonképpen csak a hangsúlyban van különbség, és a szavakat kísérő mozdulatokban. Tudom, hogy ez az angolban is így van, de a magyar nyelv ugyanazt a kifejezést használja, tárgyra és személyre egyaránt, míg az angolban erre két szó létezik.– magyarázta Helga, és nagyon remélte, hogy Barry nem vette észre, mennyire zavarba jött a kérdéstől, és valójában össze-vissza beszél.

- Akkor, mutasd meg a különbségeket. – indítványozta a férfi.

- Rendben, - adta meg magát a nő. – de nem vagyok túl jó színész. Ha a lányomnak, vagy a fiaimnak mondom, akkor így hangzik: szeretlek, és megsimogatom a buksiját, vagy az arcocskáját. Ha anyámnak, akkor így..., és a többi, és a többi. – Barry úgy tett, mintha elégedett lenne a válasszal, s Helga nagy megkönnyebbülésére témát váltott. Nagyon tartott tőle, hogy a férfinek azt is be kell mutatnia, hogy hangzik, ha valaki a szerelmének mondja. De Barry úgy tett, mintha nem tűnt volna fel neki, hogy Helga valamit kifelejtett a felsorolásból.

- Ha már te sem eszel többet, akkor felmehetnénk – mutatott a fejük fölé. - Valójában csak egy sziklaperem, amit korláttal tettek biztonságossá, és egy tető, hogy ha esne, ne rögtön ázz el. – nevetett Barry. - A tisztás másik oldalán van a feljárat. Olyan érzésed lesz, mintha a semmi szélén állnál. Egyszerre ijesztő, és csodálatos. Tudom, hogy félsz a magas helyektől, de itt biztonságban vagy! – mondta Barry, és átkarolta Helga vállát. – Ugye, milyen gyönyörű! – kérdezte, mikor felsétáltak a néhány lépcsőn.

- Tényleg az. – felelte Helga, majd nagyot sóhajtott, és a férfi felé fordult. A kezével maga felé fordította Barry fejét, és komolyan nézett a szemébe. – Egész reggel érzem, hogy mondani akarsz valamit. Látom a szemeden, hogy nem vagy teljesen felhőtlenül vidám. Nem akarsz beszélni róla?

- Mihez fogsz kezdeni, ha hazamész? – kérdezte Barry, és szomorúan nézett a nőre. Nem akart az elválásra gondolni, s mégis muszáj volt beszélnie róla. Tudnia kellett, a nőnek is olyan sokat jelentett – e ez a pár nap, mint neki. Nem sejthette, hogy Helgának ugyanúgy fáj a szíve, mint neki, ha arra gondolt, hogy már csak két nap, és indulnia kell. Főleg a tegnap este után. Most olyan távolinak tűnik az a hely, amit eddig az otthonának nevezett. Sosem gondolta volna, hogy egyszer ilyen idegennek fogja érezni. Mindig is ízig – vérig anyának és feleségnek vallotta – és érezte magát, s ez most sem volt másként. Csak valahogy a távolság, a rengeteg élmény, és Barry...Vajon hogyan tud majd ezek után létezni „otthon”? Látta, hogy a férfi szemében is szomorúság csillog. Nem akarta még jobban felzaklatni, így vidámságot erőltetett magára, és a tőle telhető legkönnyedebben válaszolt:

- Egy hétig alszom! És gyönyörűeket fogok álmodni!

- Miről? – kérdezte Barry meglepődve, mert sok mindenre számított, de ilyen fura válaszra nem. De valahol nagyon is jellemző volt ez Helgára. Soha nem azt teszi, vagy mondja, amit elvárnak tőle, mindig meglepi valamivel a környezetét.

- Hogy miről? Lássuk csak... Los Angelesről, az új barátaimról, és... - itt hatásszünetet tartott, s mosolyogva figyelte, ahogy Barry visszafojtott lélegzettel várja a mondat befejezését.

- És...? - kérdezte a férfi türelmetlenül.

- És természetesen rólad. – fejezte be most már a mondatot Helga. Hangja kissé fátyolosabban csengett, mint eddig, de nem akart elérzékenyülni, így gyorsan visszakérdezett:

- Te mit fogsz csinálni, ha visszaadom a szabadságodat, és elutazom? – Barry, megfogta a nő mindkét kezét, a szemébe nézett, és úgy válaszolt:

- Emlékezni fogok rád! Az arcodra, a szemedre, a hajadra, az illatodra... - Szavai hallatára Helgának könnyek jelentek meg a szemében. Hiába határozta el, hogy erős lesz, ez a néhány szó minden elhatározását elsöpörte. Barry közelsége, az elválás gondolata, és a férfi szavai együtt, már túl sok volt. Nem akart sírni, ezért megpróbált mosolyogni könnyein át. Barry tökéletesen olvasott a nő lelkében. Bárhogy is próbálta titkolni az érzelmeit eddig, most szemei elárulták. A férfi számára bizonyossá vált, hogy Helga sem közömbös iránta, beszéd közben egyre közelebb hajolt a nőhöz, és végül megcsókolta. Olyan gyengéden, mintha attól félt volna, hogy az asszony porcelánból van, és eltörik, ha hozzáér. De nem tört el. Még csak el sem húzódott. Barry legnagyobb örömére boldogan simult a karjaiba. Most nem a balzsamos este, a csillagfény, a bódító zene varázsolta el őket. Barry érezte, már – már biztosan tudta, hogy Helga is hasonlóan érez iránta. Hogy meddig álltak úgy ott összeölelkezve, maguk sem tudták. A boldog pillanatot Barry telefonjának csipogása zavarta meg. Hirtelen fel sem fogta, mi azaz oda nem illő zaj. Bocsánatkérően nézett Helgára, s csodálkozva húzta elő az apró készüléket a zsebéből. Matt kereste, hogy elkészültek a képek, és átadta Judynak, aki már el is küldte azokat Dicknek. Barry megköszönte a férfi közreműködését, és letette a telefont. „Hiszen erre sosem szokott lenni térerő!" – villant át az agyán. Ebben a pillanatban hallotta meg Helga rémült sikolyát. Ahogy tekintetével az asszonyt kereste, már csak annyit látott, hogy Helga eltűnik a szakadék szélén. Kétségbeesve rohant a peremhez. Mikor lenézett, látta, hogy a nő mozdulatlanul fekszik a néhány méterrel a perem alatt kialakított pihenő szélén. Barry ereiben egy pillanatra a vér is megfagyott. A lépcsőhöz rohant, s egy szemvillanás múlva már az asszony mellett térdelt. Kitapogatta a pulzusát, s örömmel észlelte, hogy a nő szíve erősen, ütemesen ver. A légzése is szabályosnak tűnt. Óvatosan körbetapogatta, hogy nem tört – e el valamije. Mikor a feje alól visszahúzta a kezét, rémülten látta, hogy a tenyere csupa vér. Próbált segítségért kiáltani, de nem volt a közelükben senki, aki hallhatta volna. Ekkor hirtelen eszébe jutott a telefonja. Azonnal tárcsázta a 911 – et. Óráknak tűnő várakozás után végre megérkezett a segítség. Barry soha életében nem félt még ennyire. Percenként nézte az óráját, közben folyamatosan az asszony pulzusát, és légzését figyelte. Nagyon szerette volna, ha most mellette lett volna az apja, de hiába próbálta felhívni, sehol nem érte utol. Olyan sokszor próbálkozott, hogy mire a mentők kiérkeztek, a mobilja teljesen lemerült. Fogalma sem volt, Dick hova tűnhetett. Otthon csak az üzenetrögzítő válaszolt. Barry vagy egy tucat üzenetet hagyott rajta, mind hiába. A stúdióban sem látták, a mobilját meg egyszerűen nem vette fel.

Barry már – már az őrület határán volt, amikor végre meghallotta a mentőautó szirénáját. Az orvos gyors, rutinos mozdulatokkal látta el a sérült és még mindig eszméletlen asszonyt, majd hordágyra tették, és elindultak vele a kórházba. Barry a saját kocsijával őrült tempóban követte a mentőautót. A kórházba érve Dicket már ott találta. Remegve, lelkileg és fizikailag teljesen elcsigázva borult az apja nyakába. Ha nem lettek volna körülöttük annyian, biztosan hangosan zokogni kezdett volna. Dick egy székhez vezette, és leültette a fiát, majd megpróbálta megtudni tőle, mi is történt pontosan, de Barry egy ideig csak az asszony nevét hajtogatta. Dick már arra gondolt, hogy a fiához is orvost hív, mikor Dr. Baker lépett hozzájuk, s biztosította őket, hogy Helga a legjobb kezekben van, és mindent megtesznek érte, amit emberileg, és orvosilag lehetséges. Majd sietve távozott. Dick aggódva nézett az orvos után.

- Apa, az én hibám! – szólalt meg most Barry csendesen. – Ha nem vacakolok azzal a nyavalyás telefonnal...

- Fiam, elmeséled mi történt? – kérdezte az öreg, és leült a Barry melletti székre, de szinte ugyanabban a pillanatban fel is állt. Egyszerűen képtelen volt ülve maradni. Egyrészt rettenetesen aggódott Helga miatt, másrészt majd megszakadt a szíve, amikor a fiára nézett. De legalább azt tudná, mi történt...

- Felmentünk a hegyre, a kilátóhoz. Beszélgettünk, és egyszer csak megszólalt a mobilom. Nagyon meglepett, mert nem tudtam, hogy onnan is lehet már telefonálni. Míg felvettem a telefont, Helga tapintatosan arrébb sétált, hogy ne zavarjon a beszélgetésben, pedig csak Matt volt, hogy elkészültek a képek. És akkor meghallottam a sikolyát. A kilátó korhadt fája egyszerűen darabokra hullott, ahogy rá akart támaszkodni, és leesett a pihenőbe. Én odarohantam, de nem mozdult, és a feje vérzett. Apa, annyiszor hívtalak, hol voltál? Azt hittem megőrülök, hiába beszéltem hozzá, szólongattam, simogattam az arcát, nem válaszolt. Meg sem mozdult. Csak feküdt ott előttem, és nekem fogalmam sem volt, mit kellene tennem. A mentők olyan sokára jöttek, hogy már azt hittem, oda sem találnak. De a telefonomon már nem tudtam újra hívni őket. És senki sem jött segíteni. – Barry mindezt nagyon lassan mesélte el, mintha minden egyes szó kiejtése nehezére esne, vagy fájdalmat okozna neki a beszéd. Szemét egy pillanatra sem vette le az ajtóról, ami mögött az orvos eltűnt. Folyamatosan nézte, szuggerálta, hátha kijön rajta valaki, és megmondja, mi van Helgával. Dick fel – alá sétált, míg várakoztak, Barry csak ült magába roskadva, s néha felsóhajtott, de különben olyan mozdulatlan volt, mint egy szobor. Dick odaült mellé, megveregette a térdét, s megpróbálta néhány szóval megnyugtatni, de láthatólag nem túl sok sikerrel.

- Doktor úr! Hogy van? – ugrottak fel egyszerre, mikor az orvos kilépett a folyosóra.

- Sajnos, nincsenek túl jó híreim. – nézett hol az egyik, hola másik férfira - Önök a rokonai?

- Nem, a vendéglátói vagyunk. – felelte Dick. – A hölgy külföldi. Megmondaná, hogy van?

- Az állapota ugyan stabil, de még mindig eszméletlen. Az előbb vitték be a megfigyelő szobába. – felelte az orvos, és egy ajtóra mutatott, a folyosó végén.

- Bemehetünk hozzá? – kérdezte Barry, s a választ szinte meg sem várva elindult a folyosón az asszony szobája felé.

- Doktor Baker, - fordult Dick újra az orvoshoz, mikor Barry már hallótávolságon kívül volt. – Mik az esélyei? Felépül?

- Sajnos, semmi biztosat nem tudok mondani. A sérülései nem súlyosak, inkább csak karcolások. Súlyosabban csak a feje sérült. De azt a sebet is elláttuk, gyakorlatilag nyom nélkül be fog gyógyulni. Ha magához tér, akár teljesen fel is épülhet. Csak azt nem tudjuk megmondani, hogy felébred – e, és ha igen, mikor.

- Tehetünk érte valamit? – kérdezte Dick, s közben úgy érezte, jeges kéz szorongatja a szívét.

- Túl sok mindent nem. De ha tudnak, legyenek vele minél többet, beszéljenek hozzá. Vagy olvassanak fel, ha van kedvenc könyve. A fizikai érintkezés is sokszor segíthet. Például, ha van kedvenc ruhadarabja, vagy plüss állata, vagy nem tudom mije. Volt olyan betegem, akinek behozták a rádióját, hogy meghallgathassa a kedvenc műsorát, és pontosan akkor tért magához, mikor a műsor kezdődött. – válaszolta az orvos.

A kórteremben uralkodó félhomálytól Dicknek hunyorognia kellett. Barry ott ült az asszony ágya mellett, fogta a kezét, és némán figyelte a beteget. Az ajtónyitásra hátrafordult egy pillanatra, de Helga kezét akkor sem engedte el.

- Mit mondott az orvos? – kérdezte az apját.

- Jót is, rosszat is. – felelt Dick csendesen. – Azt mondta, hogy a sérülései nem súlyosak, és hogy teljesen felépülhet.

- Akkor mi a rossz? – fordult vissza a nőhöz Barry - Hiszen, ha nem súlyosak a sérülések, és fel fog épülni, akkor nagyon rossz dolog nem is történhet...

- Csak azt nem tudják, mikor ébred fel, és ... - de itt elharapta a mondat végét, látva, hogy Barry már bizakodása ennyitől is szertefoszlott. Hátha még azt is elmondja, hogy nem is biztos az orvos abban, hogy Helga valaha magához tér – e.

- És mi? – kérdezte Barry gyanakodva, mert megérezte apja hangjában a bizonytalanságot.

- És... Azt is mondta még,...hogyha tudunk, legyünk vele sokat, beszéljünk hozzá, és ha van valami nagyon kedves tárgya, azt behozhatjuk neki. Az egyik beteg akkor ébredt fel, amikor meghallotta a rádióban a kedvenc műsorát. – idézte Dick az orvos szavait, és hálát adott az égnek, hogy Barry nem vette észre, hogy elhallgatta előle a teljes igazságot. Barry már az orvos szavain morfondírozott:

- Ami kedves neki? De mi? – Dick hallani vélte, hogy kergetik egymást Barry fejében a gondolatok. Egyszerre csak felcsillant az öröm fia szemében, és különös mosollyal az arcán mondta

- Azt hiszem, tudom, hogy mi kell neki! Igen, igen! Már biztos! – mondta, s egyre izgatottabb lett. – Apa, a CD – je! Emlékszel, mikor azt mesélte, hogy akármi baja van, mindig zenét hallgat? A lemezeit, meg a lejátszóját kell behozni neki. Akkor biztosan meggyógyul! – most először engedte el a nő kezét, mióta bejött hozzá. Nem bírt tovább nyugton maradni. – Apa, elmennél érte? Vagy nem is, én gyorsabban visszaérek, vigyázol rá, amíg elmegyek érte?

- Hát persze! – nyugtatta meg fiát Dick – Menj csak nyugodtan! De azért ne száguldozz! – szólt még a fia után, aki úgy elrohant, mintha kergetnék. Most, hogy kettesben maradtak az asszonyhoz fordult. – És mi most addig mihez kezdjünk? – paskolta meg a beteg kezét. Egy ideig csendben ült, és hallgatta a monitor halk pityegését, és nézte az asszony sápadt arcát. Alig tudta elhinni, mindazt, ami történt. Hiszen néhány órával ezelőtt olyan tökéletesnek tűnt minden. Nevetve búcsúztak el, és tervezgették, mi – mindent fognak megnézni. Mindketten tele voltak élettel, energiával, szeretettel, jókedvvel. És Helga most itt fekszik, és ők teljesen tehetetlenül csak állnak az ágya mellett, és azért imádkoznak, hogy ez a kedves nő minél hamarabb felépüljön. Bár csak többet is tehetne! És érezte, hogy most neki kell tartania Barryben is a reményt, meg kell őriznie (legalább a látszat kedvéért), a bizakodását, és a jókedvét. Bármennyire nehezére is esik. Barry csak belőle meríthet erőt. – Tudod, mit? Mesélek neked! – Próbált meg a tőle telhető legkönnyedebb hangon beszélni az asszonyhoz. - Elmesélem, mennyire hálás vagyok a sorsnak, hogy téged ide vezérelt! És neked is hálás vagyok, amiért a fiamat ennyire boldoggá tetted! Még, ha csak néhány napra is. Tudod, kedvesem, már régóta nem láttam Barryt ennyire vidámnak, és felszabadultnak. Azt hittem, a boldogság már örökre elkerüli. Melletted visszatért bele az élet. Már nemcsak próbál boldog lenni, hanem boldog is. Ő nem mondta, de én látom. Ahogy azt is láttam, amikor boldogtalan volt. Egy apa ezt rögtön megérzi, és elmondhatatlanul bántott, hogy nem tudok neki segíteni. Tudod Barry nagyon jó ember, és már nagyon megérdemelte, hogy végre újra boldog legyen. Bárcsak ne kellene itt hagynod őt! Tudom, hogy téged otthon is várnak, és nincs jogom ezt kívánni, de most kimondhatom, hiszen csak te hallod: bár csak itt maradnál! – halkult el Dick hangja, s akárhogy is próbálta megállni, egy hívatlan könnycsepp minden ellenállása ellenére, kigördült az arcára. Gyorsan letörölte, és mosolyogni próbált. - És különben is! Ki fog nekem ilyen finomakat főzni?

- És még nekem mondják, hogy csak a hasamra tudok gondolni! – veregette meg az apja vállát Barry.

- Fiam, te mióta vagy itt? – rezzent össze Dick.

- Ebben a pillanatban érkeztem! De hallottam ám, hogy már megint a főzésen jár az eszed! – mosolygott az apjára Barry, majd a betegágyhoz lépett, és csendesen kérdezte – Van valami változás?

- Sajnos semmi. – válaszolta az apja szomorúan. – Gyere, ülj csak ide. Nekem úgyis mennem kell. Arra gondoltam, felhívom a nagykövetségen a barátomat, és megkérem, hogy értesítsék a családját. És azt is megkérdezem, van – e valami teendőnk. A vízummal, vagy ilyesmi – tette hozzá, mikor Barry kérdőn nézett rá.

- A repülőjegyét is töröltetni kellene. – mondta Barry, mire Dick egyetértően bólintott. – Ja, és itt a címe, meg az otthoni telefonszáma. A fiókjában volt. Köszi, apa! – Mikor Dick elhagyta a betegszobát, Barry Helga mellé ült, és kezébe vette az asszony vértelen, fehér kezét. Egy ideig csak nézte, nem tudott megszólalni, mert a kétségbeesett tehetetlenség szorította össze a torkát, majd összeszedte magát, és így szólt:

- Azt mondta az orvos, hogy beszéljünk hozzád. Nézd, elhoztam a kedvenc zenéidet, és a fényképet a gyerekeidről. Ide teszem a szekrényedre. A zenét, később bekapcsolom, de most szeretnék elmondani neked valamit. Nem tudom, hogy hallod – e amit mondok, de nem tudom tovább titkolni. Magamnak már bevallottam, mostmár neked is be kell vallanom. Beléd szerettem. Már biztos vagyok az érzéseimben. Megfogadtam, azonban magamnak, hogy nem teszek semmit, amivel elárulhatnám az érzéseimet, mert nem akartalak összezavarni. Nem tudtam, nem tudhattam, hogy te hasonlóan érzel irántam. Hiszen ahogy a családodról beszéltél, álmomban sem gondoltam volna, hogy ilyen küzdelmet vívsz magadban. Sőt! Eleinte nekem is a saját harcomat kellett megvívnom, mire el tudtam fogadni, be tudtam ismerni magamnak, hogy többet érzek irántad, mint barátságot. Amikor elvállaltam, hogy vendégül látlak, sosem gondoltam volna, hogy csoda történik velem. Hónapok óta álmodtam egy nőről, akibe már – már beleszerettem. Tudom, badarság, de így volt. Aztán a repülőtéren megtaláltam azt az asszonyt. Te jelentkeztél a stewardessnél, és te vagy az álombeli asszony. A szívem a torkomban dobogott, alig bírtam megszólalni. Emlékszem, kedvesen mosolyogtál, és legalább annyira zavarban voltál, mint én. Már akkor éreztem, hogy a sors akarta, hogy találkozzunk, és hogy különleges kapcsolat alakul ki közöttünk. De féltem is egy kicsit attól, hogy becsapnak az érzelmeim az álmaim miatt. Mikor azonban láttam, hogy apa is azonnal megkedvelt, már tudtam, nem tévedek. Rád vártam! De abban is biztos voltam, hogy a barátságodnál többre nem számíthatok, főleg, miután hallottalak a családodról beszélni. Megígértem magamnak, hogy nem adom semmi jelét az érzéseimnek. Nem hozhattalak kellemetlen helyzetbe azzal, hogy vissza kelljen utasítanod a közeledésemet. A ruharaktárban majdnem elárultam magam. Ha az a fickó nem ejti el azt a vasrudat, nem tudtam volna megállni, hogy meg ne csókoljalak. Tudom, hogy rosszul esett kicsit, hogy olyan távolságtartóan viselkedtem, mikor a várost jártuk, de meg kellett tartanom az ígéretemet magamnak, miattad. A baleset külön jól jött, hiszen így nem tudtam a közeledbe menni, téged pedig annyira bántott a helyzet, hogy nem vetted észre a legnyilvánvalóbb dolgot. Azt, hogy majd megőrültem érted. Az érintésed, a gondoskodásod elmondhatatlanul megható volt. Amikor azonban az álmodról meséltél, nem akartam hinni a fülemnek. Hiszen pontosan az én álmomat mesélted el. Akkor már tudtam, hogy a sors akarta, hogy találkozzunk. Csak azt nem tudhattam, hogy te sem csupán baráti érzelmeket táplálsz irántam. Nem akartalak felkavarni. Azért is nem mentem veletek vásárolni apával, hátha meg tudok kissé nyugodni, ha nem vagy a közelemben. Majd megszakadt a szívem, amikor láttam a csalódást az arcodon, de nagyon kedvesen próbáltad titkolni. Tudod, nem könnyítetted meg a dolgom. Olyan szomorú szemekkel néztél rám, egész nap, amíg a várost jártuk, hogy alig tudtam tartani magam az ígéretemhez. A baleset után, pedig valóságos kínszenvedés volt minden perc. Tudod, miért? Mert hagynom kellett, hogy ápolj, és nem csókolhattalak meg a gondoskodásodért, nem becézgethettelek, mikor majdnem sírva fakadtál, és nem válthattam be a fenyegetésemet. Emlékszem, egyáltalán nem akartad érteni, mire célozgatok, amíg ki nem mondtam. Akkor még nem sejtettem, miért jöttél annyira zavarba. De mostmár tudom, hiszen olvastam a naplódat. Azon az éjszakán sem aludtam túl sokat. Elhatároztam, hogy találok valami ürügyet, és távol maradok tőled egy rövid időre, hátha akkor kicsit megkönnyebbül a szívem. De nem így történt. Az volt a szerencsém, hogy tudtam, olyan meglepetést készítek neked, amivel biztosan örömöt tudok csalni a szemedbe, és a szívedbe. Nagyon boldoggá tett az a látvány, ami otthon fogadott, és éreztem, hogy te megtaláltad azt a keskeny ösvényt, amit én is kerestem. Azért voltam olyan gyerekes, mert így remekül tudtunk együtt lenni. De amikor elvágtam az ujjamat, igazán nem kellett volna megcsókolnod a kezemet. Tudom, hogy kedvességnek szántad, és nagyon jól is esett, de. kínzott is a vágy, hogy hozzám érsz, és én nem tehetek semmit. Ha akkor tudtam volna mindazt, amit most tudok. ...Most már tudom, hogy te is ugyanúgy érzel irántam, mint én irántad. Tegnap, amikor táncoltunk, azt hittem, csak az éjszaka varázsolt el mindkettőnket. De ma, amikor arról beszéltél, hogy rólam akarsz álmodni, és az, ahogy elpirultál, amikor azt kérdeztem, hogyan mondják a te nyelveden, hogy szeretlek, már majdnem teljesen biztos voltam a te érzéseidben is. Csak, talán elhinni nem mertem. Egészen eddig. Remélem, megbocsátod, hogy elolvastam a naplódat. Nem volt szándékomban kutatni a holmijaid között, csak a papírjaidat kerestem. És ott volt a fiókodban. Nem is értem, mikor volt időd leírni azt a sok – sok mindent. Ráadásul, milyen gyönyörű dolgokat írtál!

Másnap reggel, mikor Dick benyitott a kórterembe, ott találta a fiát, aki békésen aludt, s közben még mindig az asszony kezét fogta. A CD lejátszó kellemes, halk zenét játszott.

- Barry! – ébresztgette fiát. – Menj haza! Pihenj egy kicsit! Tegnap óta nem is ettél, és biztosan jól esne egy forró zuhany is. Majd én itt maradok addig.

- Szia, apa! – nézett álmos szemekkel az öregre Barry. Óvatosan elengedte a nő kezét, és felállt, hogy kinyújtóztassa kissé a lábait, majd újra visszaült, és kezébe vette Helga kezét. Megsimogatta, s csak ezután válaszolt Dicknek. – Nem, megyek sehova, de egy kávé igazán jól esne. Megtennéd...

- Persze, hozom. Van valami változás?

- Sajnos még midig semmi. El sem tudom hinni. Nézd, olyan, mintha csak aludna. Sosem bocsátom meg magamnak, hogy leesett.

- Nem a te hibád! És ezt te is tudod, és ő is tudja! – nézett szomorúan az asszonyra.

- Ha nem a telefonnal vagyok elfoglalva, és utána megyek, észrevettem volna, hogy korhadt a fa!

- Akkor sem tudtál volna mit tenni. Azzal viszont megmentetted az életét, hogy biztosítottad, hogy kapjon levegőt, és hívtad a mentőket. Ennél többet senki sem tehetett volna! – felelte Dick, és fia vállára tette a kezét. Barry hálásan fogta meg az apja kezét, és szomorúan nézett a szemébe:

- Kérlek, mondd, hogy rendbe jön! Nem lehet, hogy elveszítem! Nem tudom, nem akarom elengedni.

- Bárcsak megígérhetném! Nézd, egészséges, fiatal, és tudom, hogy nagyon akar élni. Sokan szeretik, és ezt ő is érzi. Tudja, hogy nem hagyhatja itt a családját...

- És engem sem. – felelte halkan Barry, és lehajtotta a fejét. Dicknek majd megszakadt a szíve, ahogy Barryt nézte.

- Ugye tudod, hogy semmit nem tehetsz, hiszen családja van.

- Tudom, és el is fogadtam, míg nem olvastam, ezt. – válaszolta Barry, és egy papírokkal teli dossziét nyújtott az apja felé. Dick csodálkozva nyúlt érte. – Ezt találtam a fiókjában, amikor a papírjait kerestem!

„Kedves Angéla!" – olvasta a megszólítást hangosan Dick. – Ugye nem olvastad el? – kérdezte, és szigorúan nézett a fiára. Tulajdonképpen feles-leges volt feltennie ezt a kérdést, hiszen látta Barry szemében, hogy elol-vasta az asszony levelét. Barry már gyermekkorában sem tudott hazudni neki. De most nem is próbálta tagadni. Csillogó szemmel válaszolt:

- Tudom, hogy nem lett volna szabad, de a dosszié leesett a földre és az oldalak kicsúsztak belőle. S mikor felvettem, megláttam a neve-met. Először csak azt a pár sort akartam elolvasni, de nem tudtam leten-ni. Apa, ezt neked is el kell olvasnod! Kérlek, ne szakíts félbe! – előzte meg apja közbeszólását. – Tudom, hogy a bizalom az egyik legnagyobb adomány, ami két ember között kialakulhat, és én súlyosan megsértet-tem a belém vetett bizalmat, de nagyon boldog vagyok, hogy megtettem. Ha elolvasod, meg fogod érteni, miért mondom. El kell olvasnod, apa! Tudom, hogy Helga meg fogja bocsátani, és te is, csak kérlek, bízz ben-nem, és olvasd el! – Barry már szinte könyörögve ejtette ki az utolsó sza-vakat. Dick nem tudott nemet mondani fia kérésének, és belelapozott a dossziéba. Az első pár sor után, azonban elképedve nézett a fiára. A meg-lepetéstől le kellett ülnie.

- Ezt nem hiszem el! – motyogta maga elé. Egy ideig csendben ült, csak a monitor halk pityegése hallatszott, ami az asszony szívverését ellen-őrizte. Barry csendben kortyolgatta a kávéját, s néha az apjára pillan-tott. Dick olvasás közben egyszer – kétszer titokban letörölt egy – egy könnycseppet a szeméből. Barry persze úgy tett, mintha nem venné ész-re. Ő csak ült a beteg mellett, és fogta a kezét. Pár perc után Dick halkan becsukta a mappát. Nem szólt egy szót sem. Nem tudott megszólalni. Elég idős volt már sok mindent látott életében, de ilyen mély és őszin-te szerelmet, és ennyi tisztességet egy emberben még talán sosem. Talán csak egyszer. A felesége, Barry anyja volt ilyen, mint ez az asszony, aki most itt a szemük előtt harcol az életéért. Vajon ilyen sorok olvasása után mit lehet mondani? Ez a nő feláldozza magát, csak hogy ne bántsa meg azt a férfit, akihez hozzáment, még akkor sem, ha közben megszakad a szíve. És nem is sejti, hogy a boldogság csak egy karnyújtásra van tőle. Nem tudhatja, hogy Barry ugyanúgy szenved, ahogy ő. „Szegény fiam! Eddig úgy hitte, semmi esélye nem lehet. Most azonban itt a bizonyíték, hogy Helga mindennél jobban szereti őt. Vajon, most mihez kezd? Hogyan tudja feldolgozni, hogy megtalálta azt, akire egész életében várt, s mégsem lehet az övé. Mennyivel könnyebb lehetett, míg úgy gondolta, érzelmei viszonzatlanok maradnak. S mi tagadás, Helga nagyon ügyesen titkolta előlük valódi érzelmeit. Micsoda lelkierő kellhetett ahhoz, hogy lemondjon a boldogságról. Persze, ha biztos lett volna abban, hogy Barrynek ő mit jelent, ki tudja, mi lett volna. " – Barry, én nem is tudom, mit mondjak. – szólalt meg nagy sokára, de mondandóját a telefon csörgése szakította félbe. Éppen vissza akart térni a kórterembe, mikor megérkezett Dr. Baker, és megkérte Barryt is, hogy a vizsgálatok idejére hagyja el a kórtermet.

- Barry, a minisztériumi barátom telefonált. Felvették a kapcsolatot Helga férjével, és tájékoztatást kérnek az állapotáról. Most amint végez Dr. Baker, bemegyek hozzá, és elmondok neki mindent, amit tudni lehet. Utána jövök vissza. Hozzak neked valamit?

- Apa, mond meg a barátodnak, hogy azt üzenem a családjának, hogy mindent megteszünk érte, és vigyázunk rá. – Dick szeme könnybe lábadt fia szavaira. Válaszolni azonban nem tudott, mert újra nyílt az ajtó, és az orvos behívta őket:

- Uraim, sajnos nem szolgálhatok túl jó hírekkel. Az állapota ugyan stabil a hölgynek, de az aggodalomra ad okot, hogy egyáltalán nem reagál a környezetére.

- A külügyminisztérium érdeklődött, hogy mit mondhatnak a családjának. – kérdezte Dick.

- Egyelőre csak annyit, hogy az általános állapota kielégítő, de nem tért magához. – ismételte meg az előbbieket az orvos.

Barry már kívülről ismerte a dalok sorrendjét, Helga lemezein, annyit hallgatták az elmúlt két napban. Dick egyszer rá tudta venni, hogy menjen haza átöltözni, és pihenni egy keveset. Amint azonban kilépett a zuhany alól, meglátta a nő parfümjét a tükör mellett. Levette a tetejét, és beleszagolt. Attól fogva nem volt maradása a házban. Sietve felöltözött, és már indult is vissza a kórházba. Dick fejcsóválva fogadta:

- Barry, azzal senkinek nem használsz, ha te is megbetegíted magad.

- Apa, nem tudtam otthon maradni! Odaülhetek mellé?

- Hát persze, - válaszolta az öreg, és átengedte a széket a fiának. Ő az ablak mellé ült, egy fotelba, és azon gondolkodott, hogyan készíthetné fel a fiát arra, hogy Helga talán sosem ébred fel többé.

- Apa! Nézd! Megszorította a kezem!- kiáltotta Barry, és a nő fölé hajolt. – Helga! Hallasz? Kérlek, ha hallasz, nyisd ki a szemed! Vagy szorítsd meg a kezem újra! – kérte az asszonyt, és megsimogatta a homlokát.

- Apa, hívd az orvost! Újra megszorította a kezemet! Kérlek, kedvesem, nézz rám! Nyisd ki a szemed! – kérlelte tovább, s közben feszülten figyelte a nő arcát. Helga nagyon lassan megpróbálta kinyitni a szemét. Eleinte csak mozgó foltokat látott, majd kitisztult a látása. Egy mosolygó férfi arcot pillantott meg. De vajon ki lehet?

- Hol vagyok? – suttogta.

- Apa! Mondani akar valamit!

- Hol vagyok? - kérdezte újra Helga, s Barry végre megértette, mit mond.

- Kórházban vagy, kedves! Leestél a kilátóból, és beütötted a fejed. De rendbe fogsz jönni! Ugye, doktor, rendbe jön? – nézett reménykedve az éppen belépő orvosra.

- Hogy érzi magát? – kérdezte az orvos, miközben a pulzusát ellenőrizte.

- Köszönöm, egészen jól, csak a fejem fáj. – válaszolta kissé bizonytalanul Helga.

- Uraim, megtennék, hogy kint várakoznak, amíg elvégzünk néhány vizsgálatot? – fordult most az orvos Barryhez és Dickhez. – Ha gondolják, el is mehetnek egy rövid időre, mert a vizsgálatok eltarthatnak egy – két órát. – szólt még a távozók után, majd utasításokat adott a nővérnek. Dick hiába próbálta meggyőzni a fiát, hogy amíg a vizsgálatok tartanak, menjen haza pihenni, és ő rögtön telefonál, amint megtud valamit. Annyit sikerült elérnie, hogy Barry a kórház büféjében hajlandó volt enni néhány falatot, s már indult is vissza a váróba. Dr. Baker két óra múlva komor arccal fogadta őket a szobájában.

- Kérem, ne haragudjanak, hogy ide hívattam önöket, de sajnos ismét rossz híreim vannak. – Barry érezte, hogy gyomra erre a mondatra összerándul, kezeivel erősebben szorította a szék karfáját. Az orvos azonban folytatta, anélkül, hogy észrevette volna a férfi reakcióját. – A hölgynek amnéziája van. Fogalma sincs arról, hogy ki ő, és honnan jött. Egyetlen embert ismert fel és tudott megnevezni, és az maga, Barry, - nézett rá az orvos. A férfi nem igazán tudta, hogy mit kezdjen ezzel az információval. Érezte, hogy a szorítás enyhül a gyomrában. Igazság szerint rosszabbra számított.

- Várható javulás az állapotában? – kérdezte Barry.

- Néhány nap múlva kiderül. Most inkább örüljünk annak, hogy felébredt, és a vizsgálatok semmilyen szervi károsodást nem mutattak. Az amnézia egyébként elég gyakori ilyen fejsérülések után. A súlyossága, és az, hogy kinek mikorra tér vissza az emlékezete, az nagyon változó. Előfordulhat az is, hogy sosem fog emlékezni mindenre, vagy csak részleges emlékképei lesznek egyes dolgokról. De ne szaladjunk ennyire előre. – magyarázta az orvos. - Reménykedésre ad okot, hogy a kóma nem tartott sokáig, és hogy a hölgy fizikai állapota kitűnő. Sok pihenésre, és szeretetre van szüksége. Sürgetni azonban nem szabad. Ne erőltessék, hogy emlékezzen!

- Mikor vihetjük haza?

- Ha minden rendben van, holnap elhagyhatja a kórházat.

- Láthatnám? – kérdezte Barry, és kissé nyugodtabbnak érezte magát.

- Természetesen, semmi akadálya. Csak arra kérem, ne fárasszák ki. - felelte az orvos, - Ó, majdnem elfelejtettem. Ha jól emlékszem, a hölgy külföldi.

- Igen, Magyarországról jött, Európából. Éppen ezzel kapcsolatban akartam kérni a véleményét. A családját természetesen értesítettük a balesetről, és ők is azt szeretnék tudni, hogy mikor mehet haza. – vette át a szót Dick. – Én tartom a kapcsolatot a külügyminisztériumi barátom segítségével a családdal. Mit mondhatok nekik?

- Nos, azt semmiképpen nem tanácsolnám, hogy elinduljon egy ilyen hosszú útra. Ha lehetőség van rá, legalább még egy pár napig maradnia kellene. Vegyék fontolóra a dolgot!

- Köszönjük, doktor úr! – búcsúztak az orvostól, aki megígérte, hogy ha bármi probléma akad, bármikor kereshetik.

- Bejöhetek? – dugta be a fejét az ajtón Barry.

- Persze! - felelte Helga, és az arcán boldog mosoly jelent meg. – Már alig vártam, hogy újra láthassalak. Meg sem ölelsz? Ne félj, nem lesz semmi bajom! – nézett rá kedvesen Helga. Barry szíve nagyot dobbant. Nem tudta, helyes – e amit tesz, de nem tudott ellenállni a kérésnek. És hogyan magyarázta volna meg, ha visszautasítja? Óvatosan átölelte, és megcsókolta a homlokát.

- Valami baj van, ugye? – kérdezte csalódottan.

- Miért gondolod? – nézett rá csodálkozva Barry.

- Mindenki olyan furcsa velem. Senki nem mond semmit, de végül is ezen nem csodálkozom, de te is olyan hidegen bánsz velem. Mintha nem mernél hozzám érni. Valami komoly bajom van ugye? Vagy már nem szeretsz? Történt valami közöttünk, ami miatt haragszol rám? Sok mindenre nem emlékszem, de azt biztosan tudom, hogy nagyon szeretlek...ugye elváltunk? – bökte ki végül, és kétségbeesetten nézett a férfira. Barry nem is tudta, mit válaszoljon. Elméjében ott zakatolt a mondat."Sok mindenre nem emlékszem, de azt biztosan tudom, hogy nagyon szeretlek." Most mit mondjon?

- Én is nagyon szeretlek – válaszolta, és hihetetlen boldogság öntötte el, hogy végre kimondhatta, mit érez. – És nem, nem váltunk el. – A felismerés, hogy még csak hazudnia sem kell, határtalan örömmel töltötte el. Hiszen nem váltak el, mert soha nem is voltak házasok – És hála az égnek, nincs semmi komoly bajod. Néhány dologra nem emlékszel, de Dr. Baker szerint sok pihenéssel és türelemmel minden eszedbe fog jutni. Sőt! Ha jól leszel, holnap haza is enged. Addig itt maradok veled, és vigyázok rád!

- Az nagyon jó lesz! – mosolyodott el fáradtan az asszony, és lehunyta a szemeit. – Olyan fáradt vagyok. – suttogta, és a következő pillanatban már el is aludt.

- Aludj, csak kedves, álmodj szépeket. – simogatta gyengéden a haját Barry. – Apa, gyere csak be! Ülj ide! – fogadta örömmel a belépő férfit.

- Hogy van? – kérdezte suttogva

- Remekül, csak fáradt volt, és elaludt. – válaszolta Barry boldog mosollyal. – Sikerült intézned valamit?

- Igen, a barátom, telefonált Magyarországra, és beszélt egy kedves hölggyel, akinek elmondott mindent. A hölgy megígérte, hogy személyesen tájékoztatja Helga férjét, és ha bármi kérdésük lenne, ő a rendelkezésükre áll, és mi vele tarthatjuk a kapcsolatot. Kitűnően beszél angolul is és állítólag magyarul is. Bár én ezt nem tudom megítélni. Megadta a számát, amin mi is el tudjuk érni, és nem kell mindig beszaladgálni a minisztériumba. Egyébként a kint tartózkodásával nem lesz gond, mert a vízumát több hónapra kapta, így addig maradhat, amíg akar, illetve amíg fel nem épül annyira, hogy el tudjon utazni. Dr. Baker megígérte, hogy figyelemmel fogja kísérni a gyógyulását. A hölgy egyébként felajánlotta, hogy intéznek neki szállodai szobát, ha mi nem tudjuk vállalni a gondozását. – Barry tiltakozni akart, de Dick nem hagyta szóhoz jutni. – Én azonban (bár nem egyeztünk meg előre, de gondolom, helyesled a döntésemet) azt mondtam, hogy természetesen nem hagyjuk magára, és nálunk marad, amíg csak kell.

- Köszönöm, hogy ennyit fáradoztál értünk. – felelte Barry, és hálás mosollyal nézett az apjára.

- Ne haragudj, de most mennem kell. A fiúk és Vicky is üdvözletét küldi, és be is akartak jönni, de én lebeszéltem őket róla. Mondtam, hogy Helga úgysem emlékszik rájuk, és csak összezavarodna a látogatásuktól. Így abban egyeztünk meg, hogy ha már jobban lesz, otthon tartunk egy kis összejövetelt.

- Köszi, apa! Nem is tudom, mi lett volna velem, nélküled!

A nővér jött be a szobába, ellenőrizni Helga pulzusát, vérnyomását, és hozott egy kevés ennivalót is a betegnek

- Mrs. Wolf hol van? – kérdezte csodálkozva Helga, miután újra kettesben maradtak.– az előbb még itt ült mellettem, és arról beszélt, hogy ne izguljak, minden el fog rendeződni, és minden rendbe jön. De minek kell elrendeződnie és rendbe jönnie? – nézett várakozva Barryre. A férfi nem értette, miről beszél, hiszen a nővéren kívül senki sem volt a kórteremben, főleg nem az öreg hölgy. „Apát csak nem nézte Mrs. Wolfnak." – gondolta, s magában mosolygott erre a gondolatra. – „És milyen érdekes, hogy eddig csak rám emlékezett, s most hirtelen az öreg hölgy is eszébe jutott." – de nem volt ideje ezen töprengeni, mert az asszony kérdőn nézett rá.

- Biztosan csak álmodtál, - simogatta meg a beteg homlokát szelíden.
- Különben is mit keresett volna itt? – kérdezte csendesen – Szerintem, már azt is elfelejtette, hogy nála jártunk. –próbálta megnyugtatni az

asszonyt, de igazából ő sem értette a dolgot. A raktárban egyáltalán nem akartak tudni Mrs. Wolfról, az öreg hölgy pedig a legváratlanabb helyeken tűnik fel. Ha őszinte akar lenni magához, többször is látni vélte, mióta Helga itt van. A reptéren mintha az asszony után állt volna a sorban az információnál? Már nem is emlékszik, csak arra, hogy többen is várakoztak ott, mikor a stewardess közölte Helgával, hogy ki várja. Nem, az kizárt; mit keresett volna ott? Biztosan csak a képzelete játszik vele. De, mintha akkor is látta volna egy pillanatra, mikor a várost nézték meg, hol is voltak akkor? Akármilyen erősen is törte a fejét, nem jutott az eszébe. És amikor a láncot vette Helgának, akkor nem Mrs. Wolf volt, aki előtte érdeklődött az eladótól, hogy az a nyakék mennyibe kerül, mert egy kedves ismerősének szeretne venni egy olyat? Mintha neki akarta volna sugallni, hogy ez azaz ajándék, amit keresett. De, nem, csak hasonlított rá. „Jobb lesz, ha nem töröm ezen a fejem, mert a végén még magam is elhiszem." – nevette ki saját magát Barry, mikor Helga újra megszólalt:

- Pedig olyan kedves volt, nem gondoltam, hogy csak álmodom. – mondta szomorúan az asszony. – tudod, mit mesélt? Hogy te azóta itt ültél az ágyam mellett, amióta behozott a mentő. Mióta is vagyok itt? – kérdezte izgatottan.

- Két napja. – válaszolta a férfi, és nem tudta megállni, hogy ne csókolja meg az asszony kezét, amit egy pillanatra sem engedett el.

- Csak azt nem értem, hogy ő miért volt ott a kilátónál, és miért jött velem a mentővel. – gondolkodott a nő hangosan tovább. – És azóta is, mintha többször is meglátogatott volna. De akkor valószínű, hogy azt is csak álmodtam, ugye? – Barry nem válaszolt, csak egyetértően bólogatott, és boldog volt, hogy Helga végre felébredt, bármilyen csacskaságokat is hord itt össze.

- Örömmel közölhetem, hogy ma búcsút veszünk öntől, hölgyem! – lépett be a kórterembe másnap reggel Dr. Baker. – Amint elkészülnek a papírjai, már indulhatnak is. Tehát, amint megbeszéltük, sok pihenés, nyugalom, és ha valami gond lenne, azonnal hívjon!

- Köszönjük, doktor úr! – mondta boldog mosollyal Helga. – Ígérem, nagyon jó leszek.

- Mi pedig nem hagyjuk, hogy rosszalkodjon. – toldotta meg Barry. Az orvos mosolyogva bólintott, és egyedül hagyta őket. Barrynek úgy tűnt, a nap ragyogóbban süt, a madarak vidámabban énekelnek az ablak alatt, s az ég még kékebb, mint néhány nappal ezelőtt. Egész úton hazáig dúdolt, és fél kézzel folyton az asszony kezét simogatta.

- Hallom, végre haza jöttetek. - mondta Dick, amint kisétált fia mellé a balkonra, kezében egy – egy csésze forró kávét tartva. Az egyiket Barrynek nyújtotta.

- Igen, végre! – felelte Barry, és hálás mosollyal fogadta a kávét.

- Hogy érzi magát? – kérdezte Dick komolyan.

- Kissé kifárasztotta az út, úgyhogy rávettem, hogy pihenjen egy keveset. Most alszik.

- Szerintem, az lenne a legjobb, ha te is lepihennél egy kicsit! – veregette meg a fia vállát az öreg. – Rossz nézni, hogy milyen fáradt vagy!

- De mi lesz, ha felébred, és nem talál sehol? – próbált ellenkezni Barry.

- Majd én figyelek rá, és szólok, ha szükség lenne rád! – nyugtatta meg, és kifogást nem tűrve bekísérte Barryt a szobájába.

- Akár csak, gyerekkoromban. Mindig elkísértél, ha tudni akartad, hogy tényleg lefekszem. – nézett szeretettel az apjára, aki mosolyogva hallgatta fia emlékezését.

- És akár csak annak idején, most is be fogok jönni, hogy megnézzem, tényleg alszol – e, vagy a takaró alatt olvasol! – fenyegette meg tréfásan az öreg. Barry hálás mosollyal figyelte, ahogy Dick kimegy a szobájából, és csendesen behúzza az ajtót maga mögött. Nem is gondolta volna, hogy mennyire kimerült, míg le nem tette a fejét a párnára. Érezte, hogy az álom hamarosan hatalmába keríti. Pár perc múlva, mikor Dick ígéretéhez híven bekukkantott a szobájába, Barry már mélyen aludt, és valószínű, hogy szépet álmodhatott, mert úgy mosolygott, mint kisgyerekként, ha a kedvenc meséjét hallgathatta.

- Apa! Azt ígérted, hogy szólsz, ha Helga felébred! – dörzsölte álmosan a szemeit Barry, mikor néhány óra múlva felébredt, és a nappaliból meghallotta a beszélgetést. Kiugrott az ágyból, és durcásan, mint egy kisgyerek, számon kérte az apján az ígéretét.

- Én kértem Dicktől, hogy hagyjon pihenni. Olyan aranyosan aludtál! – állt fel a kanapéról Helga, és a férfiba karolva magyarázott.

- Különben is, azt ígértem, hogy szólok, ha szükség lenne rád, emlékszel? – állt fel Dick is, és a konyhába indult, hogy kávét készítsen. Barry kénytelen volt elismerni, hogy az apjának, mint oly sokszor, most is igaza van. De az önérzete nem engedte, hogy rögtön elismerje, tévedett:

- Szóval már nincs is rám szükség? – kérdezte színlelt felháborodással.

- Jaj, dehogy nincs! – puszilta meg az arcát az asszony, s két karját a férfi nyaka köré fonta. – Például egy „Jó reggelt!" – puszira nagyon nagy szükségem lenne. Különben is, eléggé nem szép dolog volt tőled, hogy másik szobában feküdtél le. Bár igaz, hogy Dick elmondta, az orvos tanácsolta, hogy egy időre költözz külön. Csak azt nem értem, miért? És mennyi időre? És nekem miért nem szólt róla? És...

- Jaj, kedvesem, egyszerre csak egy kérdést! – szólt közbe Dick, nehogy Barry valami butaságot mondjon, mert láthatólag még félig alszik. – Majd szépen mindent elmagyarázunk, de tudod, hogy nem szabad megterhelned magad! Gyere, szépen ülj le ide, és nyugodj meg!

- De nem is vagyok ideges! – vetette ellen az asszony.

- Nagyon helyes! – hagyta rá az öreg, s remélte, hogy sikerül elterelni Helga figyelmét, és lesz idejük megbeszélni, mit is válaszoljanak, nehogy az asszony gyanút fogjon. „Barrynek muszáj lesz elmondania az igazságot!" – Hozhatok neked egy kis teát, vagy vizet? – kérdezte, és megpróbált jelezni a fiának, hogy kövesse a konyhába, de Barry figyelmét teljesen lekötötte a párnák elrendezése az asszony háta mögött.

- Egy csésze tea jól esne, köszönöm. – felelte hálásan Helga, majd Barryhez fordult: - Igazán aranyos vagy, de nem vagyok beteg. Inkább ülj ide, és meséld el, mi is történt velem pontosan?

- Sajnos, nem tehetem! – huppant le mellé a férfi. – Dr. Baker kifejezetten felhívta a figyelmünket, hogy neked kell emlékezned, és semmilyen módon nem szabad siettetnünk az emlékeid visszatérését.

- De én ebbe bele fogok őrülni! – mondta kétségbeesetten a nő, s könyörgő szemekkel nézett a férfira. – El tudod képzelni milyen érzés, hogy még a papádat sem ismertem meg először? Még szerencse, hogy annyira hasonlítotok egymásra. És így semmit sem tudok kezdeni magammal! – panaszkodott tovább. – Azért nem ülhetek egész nap itt a kanapén arra várva, hogy majdcsak eszembe jut valami!

- Teljesen igazad van! – egyensúlyozott be egy tálcát Dick, amin ott gőzölgött a forró tea, mellette kistányéron néhány szem sütemény is helyet kapott. Az asszony, hálás mosollyal nyúlt a csésze után. – Egy perccel tovább sem kell itt ücsörögnöd, csak míg megiszod a teádat, s közben eldöntjük, hogy hova menjünk ebédelni.

- Szerintem, menjünk ki a mólóra, és együnk ott. Az, biztosan tetszeni fog Helgának is, mert tudom, hogy imádja a vizet nézni. – javasolta Barry.

- Nagyszerű ötlet! – csillant fel az öreg szeme. A mólón nem valószínű, hogy ismerősbe botlanak. Az inkább a turisták kedvelt helye, mint az ő ismerőseiké. – Akkor, indulhatunk is! Én vezetek!

- A mólón szokás szerint hatalmas volt a sürgés – forgás. Szerencsére sikerült egy árnyékos asztalt találniuk. Barry megrendelte az ebédet, és éppen helyet foglalt az asszony mellett, mikor Dick telefonja megszólalt. Rövid beszélgetés volt, de a férfi egyáltalán nem látszott boldognak, mikor letette a kagylót.

- Sajnos, el kell mennem! – állt fel a székéből.

- De apa, mi lesz az ebéddel? – szólt utána Barry. – Legalább addig várj, míg becsomagoltatom, és vidd magaddal!

- Köszönöm, fiam, de egyétek csak meg! Majd hazafelé bevásárolok, és estére főzök valami finomat! Szervusztok! – megcsókolta az asszony arcát, megveregette a fia vállát, s sietve elindult az autó felé.

Az ebéd remek hangulatban telt. Helga tényleg nagyon jól érezte magát, s elbűvölte az óceán látványa.

- Tudtam, hogy tetszeni fog!

- Igazad volt. – felelte lelkesen a nő. – Lemegyünk a partra egy kicsit?

- Nem fáradtál el? – kérdezte aggódva Barry.

- Egy kicsit, de jól vagyok! Ne aggódj már annyit, kérlek! A végén még tényleg beteg leszek! – karolt a férfiba az asszony. Barry átölelte, és nagyon boldog volt, hogy nem lett semmi nagyobb baj a balesetből. Még mindig nem győzött hálát adni a sorsnak, hogy az asszony felébredt. – Miért lettél hirtelen olyan szomorú? – simogatta meg a férfi homlokát Helga.

- Nem vagyok szomorú, csak az jutott eszembe, hogy mennyire féltettelek, amikor ott feküdtél a kórházban, és hiába szólongattalak, nem válaszoltál. – állt meg Barry, és kezébe fogta az asszony mindkét kezét.

- De az már elmúlt, és ha továbbra is ilyen szomorú arcot vágsz, egyfolytában végigbeszélem neked az egész délutánt, amíg újra mosolyogni nem fogsz! – fenyegette meg tréfásan az asszony. - Tudod, hogy milyen nagyon szeretlek, és bánt, ha szomorúnak látlak!

- Mond, mennyire szeretsz? – csúszott ki akaratlanul Barry száján a kérdés. Helga elengedte a férfi kezét, karjait a nyakába fonta, és megcsókolta. Barrynek hevesebben kezdett dobogni a szíve. Mindketten átadták magukat a szerelem boldogító érzésének. S ebben a pillanatban Barryt végre nem foglalkoztatta, mi lesz, ha Helga újra emlékezni kezd, mi lesz, ha el kell válniuk, mi lesz, ha egyedül marad az emlékeivel, mi lesz, ha.... Most nem volt semmi ha. Csak ők voltak, és ez olyan boldogító, felszabadító érzés volt. Kaptak egy tökéletes pillanatot az élettől, ami után Barry úgy érezte, bármit képes lesz elviselni.

- Na, érzed, hogy már nem vagyok beteg, és válaszolok, bármit kérdezz is? – és szerelmesen a férfihoz bújt. Még sétáltak egy kicsit a parton, majd fogtak egy taxit, és hazamentek. Helga jobban elfáradt, mint remélni merte volna. Barry hosszas könyörgésére hajlandó volt a délután egy részét pihenéssel tölteni, azzal a feltétellel, hogy a férfi mellette marad. Barry biztosította róla, hogy semmi más terve nem is volt. Mikor felébredt, már Dick is otthon volt, és a konyhában sürgölődött. Helga Barry kíséretében bekukkantott hozzá.

- Nagyon finom illata van!

- És ha rendesen esztek, lesz meglepetés is! – fordult meg titokzatos mosollyal Dick. – Hogy érzed magad?

- Köszönöm, egészen jól vagyok, csak kicsit elfáradtam délelőtt.

- Én mondtam neki, hogy sok lesz egyszerre annyi séta, de nem lehetett meggyőzni, csak mikor már lépni is alig tudott. – ölelte át szemrehányóan Barry. – De legalább hajlandó volt lefeküdni egy rövid időre.

- Rendben, elismerem, igazad volt! – adta meg magát Helga. – Azért remélem, ez nem lesz így mindig! Mármint, hogy két lépést sem vagyok képes tenni, s máris le kell ülnöm!

- Dr. Baker azt mondta, hogy a fizikai erőd is fokozatosan vissza fog térni, csak ne erőltesd! – figyelmeztette Dick. – Egyél rendesen, mozoghatsz is, csak ne vidd túlzásba, és főleg legyél nagyon türelmes magaddal! Szerintem Barry nagyon szomorú lenne, ha újra beteg lennél. És azt, ugye, te sem akarod! – Az öreg most teljesen úgy beszélt, mintha egy kisgyereknek magyarázna.

- Persze, hogy nem! – felelte elgondolkodva Helga. Majd odalépett Dickhez, és csókot lehelt az arcára. – Köszönöm, hogy ennyire szeretsz. És ennyire szereted őt is. Ígérem, hogy miattatok is nagyon fogok vigyázni magamra.

- Fiam, beszélnem kell veled! – ült le Barry mellé a kanapéra Dick másnap, miután Helgát sikerült rávenniük, hogy a reggeli séta után pihenjen le egy rövid időre. Az öreg nagyon komolyan, már – már szigorúan nézett Barryre. De szemében szomorúság, és aggodalom, de határtalan szeretet is csillogott. – Ugye tudod, hogy meg kell mondanod neki az igazat!

- Tudom, apa, - sóhajtott Barry – csak adj még egy kis időt!

- Minél tovább vársz, annál nehezebb lesz! – felelte Dick, és követte fiát a teraszra. Barry a korlátnak támaszkodva az óceánt szuggerálta, mintha attól várna tanácsot.

- De hogyan mondjam el neki? Láttad, milyen boldog! – próbált érvelni Barry, s az elmúlt másfél nap eseményeire gondolt.

- Igen, láttam. De ez hazugság! Tudom, mit akarsz mondani! A szavaid, és a tetteid igazak, csak a helyzet nem az! Ő sajnos, nem hozzád tartozik! Bármennyire is szeretnéd, s bármennyire szeretné ő is, nem lehet! Mondd el neki az igazat! Fájdalmas lesz, de így helyes! És jobb, ha tőled tudja meg, mintha maga jön rá.

- Milyen igazságot kell megtudnom? – hallatszott egy halk hang az ajtóból. A két férfi döbbent arccal fordult meg. Egyikük sem vette észre, hogy Helga felébredt. – Nem akartam hallgatózni, csak egy pohár vízért indultam, amikor megláttalak itt benneteket. Gondoltam, csatlakozom. Csak arra nem számítottam, hogy titkoltok előttem valamit. – nézett kérdően a férfiakra. Dick zavartan nézett a fiára, majd mikor Barry egy bólintással jelezte, hogy vállalja a gyötrelmes feladatot, elköszönt és magukra hagyta őket. Barry az asszonyhoz lépett, kézen fogta, és az egyik fotelhoz vezette. Leguggolt elé, kezét a kezébe fogva az asszony szemébe nézett. Látszott rajta, nem tudja, mit is mondjon. Végül sóhajtott egy nagyot, és beszélni kezdett:

- Sajnálom, hogy így kell megtudnod. Persze, fogalmam sincs, hogyan kellett volna kíméletesen elmondanom...

- De mit? Kérlek, Barry, ne kínozz! Akármilyen szörnységet is tartogatsz, ki fogom bírni. Beteg vagyok? Súlyos? Azért nem emlékszem dolgokra?

- Szó sincs róla! Amit mondani akarok, szóval... - csak nézte az asszonyt, és a szíve olyan nehéz volt, hogy úgy érezte, rögtön megszakad. Helga azonban olyan kétségbeesetten és tanácstalanul nézett rá, hogy nem volt szíve tovább kínozni. Tudta, hogy előbb – utóbb úgyis be kellett volna vallania. – Mielőtt bármit is mondanék, kérlek, ne feledd, hogy amit eddig mondtam, minden igaz volt. Nagyon szeretlek....Csak sajnos nem vagy a feleségem. Még a barátnőm sem. – Helga a döbbenettől szólni sem tudott. Barry azonban mintha tonnányi súlytól szabadult volna meg. Egyszerre megeredt a nyelve, és mesélni kezdett. Elmesélte, hogyan kérték fel arra, hogy lássa őt vendégül, a találkozásukat, az eltelt néhány nap eseményeit, a balesetet. Helga azonban nem hallotta a szavait. Egy mondat dübörgött a fülében:"Nem vagy a feleségem, még a barátnőm sem!" Az agya lázasan zakatolt, de semmi értelmes gondolat nem jutott az eszébe. Egy ideig csendben ültek. Barry látta, hogy valami nagy baj van, mert az asszony csak ült merev háttal, valahova a távolba nézett, de nem válaszolt, hiába szólongatta. Éppen a telefonjáért nyúlt, hogy hívja Dr. Bakert, amikor Helga felállt, és elindult a lefelé a lépcsőn, egyenesen a partra. Barry kétségbeesetten követte. Először arra gondolt, szól az apjának, de nem merte szem elől téveszteni a nőt. Csendben sétált mellette, és azon gondolkodott, mit mondhatna még, mikor váratlanul szembe fordult vele az asszony, és halkan megszólalt:

- Miért nem említetted egy szóval sem, hogy nem vagyok a feleséged? Hagytad, hogy bolondot csináljak magamból. Mikor akartad elmondani az igazságot? – hangjában mély szomorúság csengett. Barry megint kénytelen volt beismerni, hogy nem erre a reakcióra számított. De Helga nem dühöng, nem vádaskodik, csak csendesen szomorkodik. Bárcsak inkább jelenetet rendezne, sokkal inkább el tudná viselni, mint ezt a néma szemrehányást. Úgy érezte, megszakad a szíve. Az előbbi megkönnyebbülésnek már nyoma sincs.

- Ne bánts, kérlek! Minden szavam igaz volt. Soha életemben nem szerettem még ennyire senkit! Bárcsak meg tudtalak volna védeni a csalódástól! De ha elmondom, hogy nem vagyunk házasok, sok minden mást is el kellett volna mondanom. Dr. Baker pedig azt mondta, hogy neked kell emlékezned! Féltem, hogy bármit teszek, vagy mondok, ami felzaklat, bajt okozhat. Nem akartam, hogy újra beteg legyél! – simogatta meg a nő arcát, és nagyon örült, amikor Helga nem húzódott el tőle. – Fogalmam sem volt, hogyan mondjam el, hogy egy másik férfihez tartozol, és a világ másik felén élsz. Főleg, hogy csak annyira emlékeztél, hogy engem szeretsz. – beszélt tovább Barry. – Annyira aggódtam érted! Én voltam a világon a legboldogabb, amikor felébredtél! Borzasztó volt látni téged vérző fejjel, mozdulatlanul, utána pedig ott a kórházban. Csak feküdtél, és egyedül a monitor csipogása jelezte, hogy még élsz. Nagyon féltem, hogy elveszítelek! És most elveszítelek, csak másként. Nem mondhatnám, hogy ez kevésbé fáj, bár boldog vagyok, hogy teljesen felépültél. Mióta felébredtél, mindig azon gondolkodtam, mit tegyek. Az eszem azt súgta, tereljelek a valóság felé, de a szívem nem tudta, nem engedte. Egyébként is olyan bizonytalan voltál. – Barry megállt, és maga felé fordította a nőt. – És végre elmondhattam, mit érzek irántad valójában. Tudom, hogy nagyon nagy hiba volt... - az utolsó szavakat suttogva ejtette ki, majd (olyan gyengéden, amilyet Helga el sem tudott addig képzelni), megcsókolta az asszonyt. Helga nem tudott, és nem is akart tiltakozni. Egész lénye azt sugallta, Barry az a férfi, akit neki rendelt a sors. Ám akkor beléhasított egy gondolat, hogy ő valahol máshol, már ígéretet tett egy másik férfinak. Gyengéden kibontakozott a férfi öleléséből. Egy pillanatig szótlanul nézték egymást, majd Helga sarkon fordult, és elszaladt. Barry csak a házban érte utol. Az asszony a szobájában az ágyon fekve zokogott. Mikor Barry mellé térdelt, könnyes szemmel nézett a férfira. Majd ő is a földre kuporodott, és halkan beszélni kezdett:

- Olyan zavaros minden. Nem emlékszem semmire, csak arra, hogy szeretlek. Teljes szívemmel. Hiába próbálok emlékezni, csak a te arcodat látom, amint ülsz az ágyam mellett. – Barry átkarolta az asszony vállát, és nem tudta, mit is mondjon. Tisztában volt vele, hogy Helga milyen nehéz helyzetben van, nem lett volna szabad felzaklatni. Nagyon fájt a szíve, mert látta, milyen nagyon szenved, és bármennyire is szeretett volna, nem tudott segíteni. Fogalma sem volt, meddig ültek egymást átkarolva, mikor Barry meghallotta apja hangját. Helga felemelte a fejét, és a szemével jelezte Barrynek, hogy behívhatja Dicket. Ahogy az öreg belépett az ajtón, Barry felállt, és ketten felsegítették az asszonyt is. Dick éppen arra hívta fel a figyelmüket, hogy ideje lenne enniük valamit, mikor Helga hirtelen elájult. Míg Barry az ágyra fektette, az eszméletlen asszonyt, Dick hívta Dr. Bakert, és a mentőket.

Dr. Baker most egyáltalán nem volt olyan kedves, mint néhány nappal ezelőtt. Sőt! Meglehetősen dühösnek látszott, mikor kijött a vizsgálóból:

- Nem tudom, mi történt, de hatalmas sokk érte szegényt. Arról volt szó, hogy vigyáznak rá, és nem zaklatják fel!

- Nézze, doktor úr! Szerencsétlen véletlen volt. Azt hittük, alszik a szobájában, míg mi kint beszélgettünk a teraszon, muszáj volt elmondani a teljes igazságot! – magyarázta Dick. De, hogy milyen igazságot, és hogy az miért sokkolta Helgát, azt nem kötötte az orvos orrára, ami láthatóan nagyon bosszantotta Dr. Bakert.

- Most mi lesz vele? – kérdezte Barry aggódva.

- Néhány óráig mesterségesen altatjuk. Utána majd meglátjuk. Addig semmi biztosat nem tudok mondani. Most bemehetnek hozzá, ha akarnak, bár, mint mondtam, alszik. – Barry megköszönte az orvosnak, amit értük tett, és megkereste Helga szobáját, ami nem sokban különbözött a múltkoritól. Ugyanolyan félhomály, ugyanolyan ágy, és mellette a szék. És ugyanúgy ott a monitor is. S ő ugyanúgy leül az ágy mellé, és kezébe veszi az asszony kezét. Csak most, ha lehet még nehezebb a szíve.

- Ugye tudod, hogy borzasztóan megijesztettél?! – kérdezte Barry bűnbánó arccal, mikor Helga másnap reggel felébredt. – Nagyon haragszol rám?

- Még nem tudom, túl fáradt vagyok a gondolkodáshoz. Mióta fekszem itt? – válaszolta, de a kezét nem húzta el Barry kezéből.

- Tegnap délután óta.

- És mikor engednek ki? – kérdezte röviden, mert a beszéd jobban nehezére esett, mint gondolta volna.

- Azt nem tudom. Dr. Baker annyit mondott, hogy nincs ok aggodalomra, csak pihenned kell.

- Nem kellett volna már hazautaznom? – Barrynek egy pillanatra elakadt a lélegzete.

- Ne aggódj, apa mindent elrendezett. Ugye nem baj, ha néhány percre magadra hagylak? – kérdezte a férfi. Helga bágyadt mosollyal jelezte, hogy menjen csak. Barry az ajtóban futott össze az apjával és Dr. Bakerrel. – Doktor, beszélhetnénk, Ha lehet a folyosón... – súgta a belépők fülébe. Az orvos és Dick meglepődve követték. – Képzelje, doktor úr! Azt kérdezte, hogy mióta fekszik itt, és hogy nem kellett volna már haza utaznia?! Annyit mondtam neki, hogy te mindent elintéztél – nézett most az apjára, majd újra az orvoshoz fordult. – Jól tettem? Már nem tudom, mit mondhatok neki!

- Jól tette, hogy megnyugtatta! – felelte az orvos mosolyogva. – De most kérem, maradjanak itt, vagy foglaljanak helyet a váróban. El kell végeznünk néhány vizsgálatot.

Óráknak tűnő várakozás után végre kinyílt a kórterem ajtaja. Dr. Baker mosolyogva engedett utat a két férfinek.

- Uraim, örömmel közölhetem, hogy a hölgy visszatért közénk, és úgy tűnik, teljesen jól van. De azért, ha kérhetem, ne fárasszák ki! Hamarosan elkészülnek a papírok, és akkor el is búcsúzunk. Persze, minden, amit a múltkor mondtam, az most is érvényes. Fokozottan! Tehát semmi kimerítő fizikai tevékenység, semmi izgalom! Csak nyugalom, és pihenés. És néhány napig lehetőleg, még ne utazzon el. Ha bármire szükségük van, hívjanak!

- Köszönjük doktor úr! Akkor, talán magadra is hagyunk, míg elkészülsz. – Helga mosolyogva bólintott, és alig néhány perc múlva már ki is lépett a kórterem ajtaján. A két férfi azonban rögtön visszaparancsolta, és ragaszkodtak hozzá, hogy egy ápoló a kapuig tolja ki kerekesszékkel.

- Szeretnél egy aludni egy kicsit? – kérdezte Barry, és karonfogva bekísérte Helgát a nappaliba.

- Inkább a teraszra ülnék ki, ha lehet. – felelte. Barry kinyitotta előtte az ajtót, és még egy párnát tett a nő fotelébe, sőt, még egy takarót is hozott. Pedig a nap melegen sütött. - Annyira sajnálom, hogy ennyi gondot okoztam.

- Nem a te hibád, hogy korhadt volt a fakorlát. – húzta közelebb a székét a nőhöz Barry, és önkéntelenül megfogta a kezét. Helga meglepődött ugyan, de nem tiltakozott. A férfiban csak akkor tudatosult, hogy már megint Helga kezét fogja, mikor meglátta magukat a terasz üvegablakában. Dick egy kancsó jegesteával a kezében csatlakozott hozzájuk.

- A süteményt elfelejtettem. – csapott a homlokára.

- Maradj, csak, majd én kihozom. – állt fel Helga. Azaz csak állt volna fel, mert a két férfi egyszerre szólt rá:

- Te csak pihenj!

- De nem vagyok beteg! – próbált meg tiltakozni, ám sikertelenül. – Akkor valószínűleg kávét sem főzhetek, ugye?

- Sem főznöd, sem innod nem szabad! Talán, ha jó leszel, holnap kaphatsz egy csészével. – felelte Barry. – Dr. Baker pontos utasításokkal látott el!

- És ma este korán ágyba bújsz! – tette hozzá az előbbiekhez Dick. Helga nem bírta tovább nevetés nélkül. A két férfi előbb értetlenül nézett rá, majd ők is együtt nevettek az asszonnyal. Dick (és valószínű, hogy Barry is) végre felszabadult, a napok óta tartó rettegés alól. Most érezte meg igazán, mennyire féltette, és mennyire megszerette Helgát, s teljes szívéből meg tudta érteni, fia érzéseit.

- Másnap késődélután éppen ismét a teraszon üldögéltek, amikor kopogtak az ajtón.

- Majd én kinyitom! – állt fel Dick kedvenc karosszékéből. Néhány pillanat múlva zajos kis csapat tódult ki a teraszra. Vicky, Charlie, és Scott jöttek. Helga örömmel fogadta őket:

- Igazán kedves tőletek, hogy eljöttetek!

- Nagyon szurkoltunk ám neked! – mondta Charlie, és kihasználva a helyzetet, egy – egy puszit adott Helga mindkét arcára.

- A kórházba is be akartunk menni, de Dick azt mondta, nem emlékszel ránk, és nem akartunk összezavarni. – magyarázta Scott.

- Persze, nem hittünk neki! Tudjuk, hogy minket lehetetlen elfelejteni. – toldotta meg Charlie. – Főleg engem. – nézet körbe, s úgy tett, mintha nem értené, a többieknek mitől lett egyszerre olyan jó kedve. Vicky egy széket húzott Helga mellé, és kezét az asszony karjára téve és mosolyogva bár, de komoly aggodalommal a hangjában kérdezte:

- Mostmár tényleg rendben vagy?

- Igen. Már a fejem is egyre ritkábban fáj. Dick és Barry azonban olyan gondosan ápolnak, hogy biztos, hamar elmúlik az is. Azaz igazság, - hajolt közelebb Vickyhez, mintha nagy titkot súgna neki – hogy kissé túlzásba is viszik a gondoskodást. Még azt sem engedik, hogy egy kávét készítsek magamnak.

- Magának most az a dolga, hogy gyógyuljon! A családja már biztosan nagyon várja haza. – szólalt meg valaki a hátuk mögött. – Elnézést a zavarásért. Mivel elöl nem nyitott senki ajtót, gondoltam, megpróbálom a part felől. A szomszédban volt dolgom, s eszembe jutott, megnézem, hogy érzi magát. – fordult most az asszony felé.

- Köszönöm, doktor, nagyon jól vagyok! – felelte Helga erőltetett mosollyal, mert az orvos szavai jeges marokként szorították össze a szívét. Egyik oldalról nagyon szeretett volna már otthon lenni, és magához ölelni a gyerekeit, másfelől nem tudta, hogyan nézzen a férje szemébe. És Barry! Vele mi lesz? Amióta haza jött a kórházból, egyszer sem beszéltek kettőjükről. („Milyen érdekes, hogy úgy emlegetem ezt a helyet, mintha az otthonom lenne, és Dick és Barry is úgy kérdezték az orvost, hogy mikor vihetnek haza.) Talán véletlen, talán nem, Dick ez elmúlt másfél nap szinte minden percét velük töltötte. Ezer módot találtak ki, amivel szórakoztatták. Kártyáztak, zenét hallgattak, régi családi fotókat nézegettek Dick a régi filmfelvételeket is elő akarta venni, de Barrynek sikerült lebeszélnie róla. Csak egyszer maradtak kicsit hosszabb ideig kettesben, mikor Dicknek el kellett mennie valahova. Helga hosszas könyörgésére Barry beleegyezett, hogy tegyenek egy rövid sétát a parton. A férfi, védelmezőn átölelte és szótlanul lépkedtek egymás mellett. Mindketten gondolataikba merültek. Tudták, hogy előbb – utóbb beszélniük kell az elmúlt napok történéseiről, és a kapcsolatukról, de még egyikük sem állt készen. Pontosabban Barry már nagyon szerette volna szóbahozni a dolgot, csak nem tudta, hogyan kezdje el. Nem volt biztos benne, hogy az asszony elég erős – e már egy ilyen beszélgetéshez. Helga sejtette, hogy mi járhat a férfi fejében, csak azzal nem volt tisztában, hogy pontosan őt akarja kímélni, s ezért kerüli a témát. Így csak sétáltak, és megpróbálták élvezni a pillanatot, amíg együtt lehetnek. Helga levette a cipőjét, és felhajtotta a nadrágja szárát. Nagyon élvezte, ahogy a hűvös víz simogatta a bokáját. „Milyen érdekes" – gondolta – „már több, mint egy hete itt vagyok, és még egyszer sem éreztem az óceán vizét a bőrömön".

- Feltűnően csendes vagy. Csak nincs valami baj? – kérdezte Barry aggódva. Helga megállt, és mosolyogva nézett a férfira.

- Tökéletesen érzem magam. Csak az jutott az eszembe, hogy eddig egyszer sem gázoltam a vízbe, amióta itt vagyok. Emlékszem, gyermekkoromban ki sem lehetett szedni a Balatonból, ha jó volt az idő.

- A Balatonból? – kérdezett vissza Barry.

- Igen. Tudod, ez Magyarország legnagyobb tava. Úgy is hívják, a Magyar Tenger. Amikor gyerek voltam, minden nyáron ott töltöttünk néhány napot. A déli partján olyan sekély a vize, hogy egészen messzire be lehetett menni gyalog. A szélén a gyerekek úgy homokoznak, mint itt a tengerparton. – magyarázta Helga. – Te szereted a vizet? Biztosan szereted, hiszen itt laksz. – válaszolta meg a saját kérdését, s közben lehajolt, hogy a tenyerével is érezze; s mikor látta, hogy Barry nem figyeli, kihasználta az alkalmat, és lefröcskölte a férfit. Barry először nagyon meglepődött, de belement a játékba. Az arcán kaján mosoly jelent meg, s ő is éppen arra készült, hogy visszafröcsköljön, mikor Helga hirtelen felegyenesedett, s el akart szaladni. A mozdulat azonban túl gyors volt, és egy pillanatra elszédült. Barrynek az utolsó pillanatban sikerült elkapnia. Hiába bizonygatta az asszony, hogy jól van. Barry rövid úton véget vetett a sétának, felkapta az asszonyt, és meg sem állt vele a teraszig, ahol egy fotelbe ültette. Csak hosszas könyörgésre volt hajlandó elállni attól a szándékától, hogy kihívja Dr. Bakert.

- Hidd el, hogy jól vagyok! Csak nem kellett volna olyan gyorsan felugranom. Kár volna ezért zaklatni az orvost. – győzködte Helga, s hogy bizonyítsa, tényleg jól van, fel akart állni. Barry azonban kedvesen, de nagyon határozottan visszaültette a székbe, és még a lábát is felpolcolta.

- Rendben, de akkor megígéred, hogy nem nyüzsögsz. Ha bármire szükséged van, szólsz. – az asszony szófogadóan bólintott, és összehúzta magán a takarót, amit Barry hozott ki neki.

- Kérlek, Dicknek se szólj, nem akarom, hogy feleslegesen aggódjon. – kérlelte tovább a férfit. Barry komolyan féltette Helgát a rosszulléte miatt, de nem akarta még jobban felizgatni, így látszólag mindenbe beleegyezett.

- Most próbálj meg aludni egy keveset. – kérte a férfi, s felállt, hogy bemenjen a házba. Amikor azonban látta, hogy Helga izgatottan fordul utána, még hozzátette. – Ne félj, csak egy kávéért megyek, és már jövök is vissza, és vigyázok rád, míg alszol. – nyugtatta meg az asszonyt, és megsimogatta a haját. Helga még hallotta, ahogy Barry bemegy a házba, és a konyhában kezd szöszmötölni, de arra már nem emlékezett, hogy mikor tért vissza. Arra ébredt, hogy Dick egy könyvvel a kezében jön ki a teraszra. Álmosan dörzsölte meg a szemét, s halvány mosollyal nyugtázta, hogy másik kezét most is Barry fogja. „Ha így folytatja, el sem fogok tudni aludni anélkül, hogy fogná a kezemet!" – gondolta meghatottan.

- Nézzétek! Vettem egy atlaszt! – leült az asztalhoz, és lapozni kezdte.
- Itt vannak az európai országok. Nyugat – Európa, észak, kelet, közép... Itt lesz. Lássuk csak! Itt van. 78. oldal. Magyarország. Gyere, kedvesem, mutasd meg, hol laksz.

- Nem, apa! A székedet húzzuk ide! – vágott közbe Barry, s még mielőtt az asszony felállhatott volna, már mellé is tolta az apja karosszékét. Dick nem igazán értette a fia viselkedését, de Barry a szokásos néma jelbeszéddel figyelmeztette az apját, hogy sürgősen beszélniük kell. Dick bólintott az asszony háta mögött állva, majd a könyvet a kezében tartva Helga mellé ült. Barry Helga másik oldalán foglalt helyet, s érdeklődve nézték a térképet. Helga először a saját városát mutatta meg. A két férfinak nagyon furcsa volt, hogy minden olyan „kicsi".

- Igazán eszünkbe juthatott volna már hamarabb is. Mennyire más így látni a dolgokat, mint amikor csak meséltél róla. – mondta Dick, és vége – hossza nem volt a kérdéseiknek. Helga, amire csak tudott, válaszolt. Egészen kiszáradt a szája.

- Barry, kérhetnék egy pohár jegesteát? – kérdezte. Dick csodálkozva nézett rájuk, de Barry egy szemvillanással elejét vette a kérdezősködésnek. Felállt, hogy teljesítse az asszony kérését, s mikor Helga háta mögé ért intett az apjának, hogy kövesse a konyhába.

- Fogadjunk, hogy a süteményt elfelejti. – szólalt meg Dick egy rövid idő múlva. – De majd én kihozom. Csokis jó lesz? – Helga mit sem sejtve, nevetve bólintott.

- Azt hittem, már sosem jössz be! – suttogta izgatottan Barry. – Baj van!

- Éreztem, hogy valami nincs rendben. De miért kell így suttognod? – kérdezte Dick.

- Mert Helga megígértette velem, hogy nem szólok róla neked. Az előbb lementünk a partra sétálni, és ő lehajolt a vízhez. Amikor fel akart állni, majdnem megint elájult. Szerencsére el tudtam kapni, és felhoztam ide.

- Miért nem hívtad Dr. Bakert?

- Mert könyörgött, hogy ne tegyem. És azt is megígértette, hogy neked sem szólok. Hát ezért. De mégis jó lenne valahogy értesíteni a dokit.

- Majd én elintézem! Most menjünk, nehogy gyanút fogjon! – nyugtatta meg a fiát Dick. – És próbálj kevésbé gondterhelt arcot vágni! – szólt még rá Barryre, mielőtt kiléptek a teraszra. – Ugye, mondtam, hogy elfelejti. – kacsintott nevetve az asszonyra Dick.

- Te pedig azt felejtetted el, hogy megígérted, hogy rendelsz ebédet! Tudod, hogy az orvos azt tanácsolta Helgának, hogy figyeljen oda az étkezésre is. – támadt remek ötlete Barrynek arra, hogyan szabadulhatna el Dick anélkül, hogy az asszony rájönne, miben mesterkednek.

- Semmi baj, én úgysem vagyok éhes. – mondta Helga, ám hamarosan megbánta könnyelmű kijelentését. A két férfi egymás szavába vágva kezdte magyarázni az evés és a gyógyulás közötti tagadhatatlan összefüggést. – Igazán aranyosak vagytok, de ne aggódjatok ennyire miattam. Nem lesz semmi bajom, ha egy nap kihagyom az ebédet. Tényleg nem vagyok éhes.

- Még hogy nem vagy éhes! Akkor hogy akarsz meggyógyulni, ha nem eszel? – nézett rá aggódva Barry.

- De már nem vagyok beteg! – próbált tiltakozni Helga.

- Ha nem eszel rendesen, rosszul lehetsz! – ült le mellé Dick, és kedvesen átölelte az asszony vállát. Barry riadtan nézett az apjára, de Dick úgy tett, mintha nem venné észre. Sőt! Mosolyogva így folytatta. – Ha nem eszel rendesen, legyengülsz, és nem fogsz tudni még sétálni sem. Most itt hagylak Barryvel, és hozatok valami finomat! – állt fel, és mielőtt bárki is szólhatott volna egy szót is, már el is tűnt a házban. Barry magában ismét meghajolt apja színészi képességei előtt. Az öreg gyorsan lebonyolította a három telefont. Először is felhívta Dr. Bakert, és részletesen elmagyarázott neki mindent. Az orvos régi barátságukra való tekintettel hajlandó volt belemenni a színjátékba. Ezután Dick feltárcsázta Vickyt, és megkérte, szedje össze a fiúkat, és jöjjenek el meglátogatni Helgát. Neki azonban nem szólt az asszony újabb rosszullétéről, így mikor Dr. Baker felbukkant, ők legalább annyira meglepődtek, mint Helga. Végül megrendelte az ebédet a közeli étteremből, s elégedett arckifejezéssel tért vissza a többiekhez. Barry kérdőn nézett rá, amint megpillantotta az ajtóban. Dick egy bólintással jelezte, hogy mindent elintézett.

- Az ebéd hamarosan megérkezik. – ült vissza a helyére. – És, ha jó kislány leszel, elárulok egy titkot. – súgta Helga fülébe. Barry kérdőn nézett rá, míg Helga nevetve várta a folytatást. De Dick csak várt, és nem szólt egy szót sem.

- Rendben van, megígérem, hogy jó leszek, és rendesen fogok enni. – válaszolta az asszony.

- Szóval, éppen befejeztem a rendelést, és mikor le akartam tenni a kagylót, a telefon jelezte, hogy beérkezett egy másik hívás. Tudod, ki volt? – az asszony megrázta a fejét. – Vicky hívott, és megkérdezte, hogy meglátogathatnak – e a fiúkkal. Én a nevedben igent mondtam. Remélem, nem haragszol. De arra gondoltam, hogy egy kis változatosság jót fog tenni. Végre nem csak velünk kell beérned.

- Ó, én nagyon jól érzem magam veletek. Csak attól tartok, már én vagyok egy kicsit sok nektek, hiszen úgy kezeltek, mint egy kisgyereket. Lesitek minden kívánságomat...

- Ha mégegyszer meghallom, hogy ilyesmit mondasz, komolyan megsértődöm! – szakította félbe Barry Helgát. – Először is, te most a mi vendégünk vagy.

- Nagyon kedves vendégünk! – javította ki fiát Dick, mire az asszony mosolyogva megcsókolta az arcát.

- Igen, nagyon kedves vendégünk – ismételte meg az apja szavait Barry, majd így folytatta. – Ráadásul nem is olyan régen elég súlyos baleseted is volt, ami az én hibám. És mindennek a tetejére még rosszulléted is volt. Az a legkevesebb, hogy ápolunk, amíg teljesen rendbe nem jössz. – fejezte be a kioktatást Barry. – És most én is kérek egy puszit. – hajolt oda az asszonyhoz. Helga mindkét karjával átölelte a férfi nyakát, és megcsókolta.

- Már nincs értelme titkolni, mit érzek irántad. – szólt csendesen. Dick zavartan hümmögött. – Tartozom nektek annyival, hogy őszinte vagyok. Mindkettőtöket nagyon megszerettem. Tudom, hogy te is hasonlóan érzel irántam. Azt is tudom, hogy ennek a kapcsolatnak sajnos semmi jövője nincs. Ezért is akartam eltitkolni az érzéseimet. A sors valamiért azonban úgy látta jónak, hogy kiderüljön a titkom. Soha életemben nem voltam még ilyen boldog, mint ezalatt a pár nap alatt. És ezt neked köszönhetem. – talán még többet is mondott volna, de Barry felállt, és felsegítette Helgát. Átölelte, és így szólt:

- Apa tudja, hogy mit jelent nekem, hogy itt vagy. Szavakkal el sem lehet mondani. Ha rajtam múlna, örökre itt tartanálak. De sajnos nem tehetem. Azt azonban megígérhetem, hogy a hátralevő néhány napot felejthetetlenné teszem. – mondta, és hosszan megcsókolta a nőt.

- Megjött az ebéd! – szólt megkönnyebbülve Dick, mikor kopogtattak az ajtón. Barry segítőkészen szaladt az apja után.

- Azt hiszem, nagyon nagy őrültséget készülsz elkövetni. – állította meg Barryt Dick, amikor kettesben maradtak a házban. – Tudod, hogy sosem szólok bele a dolgaidba kérés nélkül (sőt, még akkor sem szívesen), de most úgy érzem, figyelmeztetnem kell arra, hogy sem magaddal, sem Helgával szemben nem túl okos dolog, amit tervezel.

- Mindketten tudjuk, mire számíthatunk. Csak egy kicsit boldog szeretnék lenni. Csak néhány napig. – válaszolta Barry, és kiment a konyhából.

- Muszáj egy kicsit megmozgatnom a lábaimat, mert teljesen idenövök a székhez. – magyarázta Helga Dicknek és Barrynek, mivel kérdőn néztek rá, amikor elkezdte leszedni az asztalt.

- De nem fogod megerőltetni magad? – állította meg Barry aggódva.

- Azért három tányért talán még elbírok. – nevetett Helga, de nagyon jól esett neki a férfi féltése. – Ha attól jobban érzed magad, kísérj el, és megengedem, hogy mosogatás után elpakolj.

Az asszony hangulata láthatóan sokat javult, amióta nem kezelték betegnek, és még Barryvel is sikerült – ha nem is teljes mértékben, - néhány szóval átláthatóbbá tenni a viszonyukat. A vendégek megérkezésével, határozottan vidámnak érezte magát. Ezt az érzést azonban Dr. Baker egy pillanat alatt elfújta.

- Ha nem okoz túl nagy gondot, a biztonság kedvéért mégegyszer megvizsgálnám. Csakhogy teljesen nyugodt szívvel engedhessem el arra a hosszú útra. – kedélyeskedett tovább az orvos, kizökkentve az asszonyt gondolataiból. „Ha mégegyszer az elutazást említi, sikítani fogok!" – gondolta Helga, de nem szólt egy szót sem, csak felállt, és követte az orvost a házba. Barry aggódva nézett utánuk. Ami azt illeti délelőtt nagyon megijedt, mikor Helga majdnem elájult, s egyáltalán nem bánja, hogy kihívták Dr. Bakert. „Igaz, apa megkérhette volna, hogy ne emlegesse állandóan Helgának az utazást. Láttam, hogy nagyon felzaklatta. És engem is. Mi a csoda tart ilyen sokáig? Csak nincs valami komolyabb baj?" – töprengett magában a férfi, s még azt sem vette észre, hogy Charlie kérdezett tőle valamit. Csak akkor eszmélt fel, mikor Dick megérintette a karját.

- Bocsánat, csak egy kicsit elkalandoztak a gondolataim. – mentege-
tőzött. – Mit is kérdeztél? – nézett a fiúra, de az nem válaszolt, mert az
ajtóban megjelent Helga Dr. Bakerrel a háta mögött.

- Örömmel közölhetem, hogy a hölgy tökéletesen rendbe jött. – lépett
ki a teraszra az orvos, maga elé engedve az asszonyt. S még mielőtt Dick
közbe léphetett volna így folytatta: - Talán már a hét végén, de a jövő hét
elején biztosan felszállhat a gépére, ami haza repíti a családjához.

Ebben a pillanatban Barry felugrott, és berohant a házba. Dick behú-
zott nyakkal nézett körbe. „Mint valami rossz dráma..." – gondolta az
öreg, s megpróbált természetesen mosolyogni. Dr. Baker tátott szájjal
nézett Barry után. Vicky, Charlie és Scott szintén tanácstalanul ültek a
helyükön. És Helga? Ő csak állt az ajtóban, mint egy szobor. Az arca fal-
fehér volt.

- Barrynek sürgős telefonhívást kell lebonyolítania. – lódította Dick.
Az orvos megnyugodva felsóhajtott, és készült helyet foglalni az asztal-
nál. Dick azonban karon fogta, és a hátsólépcső felé vezette: - Köszönjük,
hogy benézett, doktor. Beszélnünk kell! – súgta az orvos fülébe Dick, és
letessékelte a férfit a lépcsőn.

- Megnézem, mi történt Barryvel. – állt fel Vicky.

- Maradj, csak, majd én! – szólt halkan Helga, és elindult megkeres-
ni a férfit. A szobájában talált rá. Az ablaknál állt, és az óceánt bámulta.
Észre sem vette, hogy az asszony bejött. Csak akkor rezzent össze, ami-
kor Helga a karjára tette a kezét.

- Barry, beszélnünk kell!

- Tudom, - sóhajtotta, s még midig kifelé nézett.

- Nézz rám, kérlek! – fordította maga felé az asszony. – Nekem is
nagyon nehéz arra gondolnom, hogy hamarosan el kell válnunk. De
eddig is tudtuk, hogy ez elkerülhetetlen, és előbb – utóbb elérkezik. Ez
a néhány nap, amit az ügyetlenségem miatt kaptunk, így is ajándék. Ha
soha többé nem leszek boldog, akkor is hálát adok a sorsnak, hogy meg-
ismerhettelek. – Helga halkan beszélt, szeme tágra nyílt, keze önkénte-
lenül megsimogatta a férfi arcát. Barry arca az érintésre megvonaglott.
Megfogta a nő csuklóját, és megcsókolta a tenyerét. Majd magához ölel-
te az asszonyt, és kétségbeesve megcsókolta.

- Kösz, doki, remek előadás volt – kísérte a kocsijáig Dr. Bakert Dick.
– De tényleg nincs semmi gond?

- A hangulata nem a legjobb, de más eltérést nem találtam. – magyarázta az orvos. – A vérnyomása eshetett le egy pillanatra, de ez nem veszélyes, hiszen tudjuk, hogy egyébként is alacsony. Máskor lassabban álljon fel! – fejezte be a beszámolóját, és láthatólag kissé sértődötten elhajtott. Dick fejcsóválva indult vissza a többiekhez. Vicky, Charlie és Scott még mindig ott ültek, és nagyon igyekeztek, hogy úgy tűnjön, semmi szokatlant nem vettek észre.

- Ne haragudjatok, csak Barry kissé kiborult, mert Helgának volt egy kisebb rosszulléte délelőtt. Tudjátok, hogy a baleset miatt is magát hibáztatja, és utána, az a szerencsétlen eset, ami miatt Helga visszakerült a kórházban. Képzelem, hogy megrémülhetett szegény, mikor a parton alig sikerült elkapnia, nehogy elessen. – magyarázta Dick. – Azért is kértem, hogy ma gyertek el, ha tudtok, hogy Helgának ne tűnjön fel Dr. Baker látogatása. Megígértette ugyanis Barryvel, hogy sem nekem, sem a dokinak nem szól róla. De azért örülök, hogy sikerült megnézetni az orvossal. Így nemcsak Barry nyugodhat meg, hanem én is. Azt hiszem, Dr. Baker elég meggyőző volt. – a többiek egyetértően bólogattak.

- És mit mondott a doki? – kérdezte Vicky.

- A vizsgálatai alapján semmi baja, csak túl alacsony a vérnyomása, és nem lett volna szabad olyan hirtelen mozdulatot tennie. Most megkeresem őket, és valahogy tudatom Barryvel, hogy nincs ok az aggodalomra.

- Várj, Dick, segítek elterelni Helga figyelmét. – állt fel Vicky is.

- Ha már bementek, nem hoznátok valamit inni? – szólalt meg Charlie, s nem értette, a többiek miért néznek rá olyan szemrehányóan.

Az idő múlásával Helga egyre jobban érezte magát. Legalább is fizikailag. Belülről azonban egyre nyomorultabbul. „Nem lett volna szabad hagynom, hogy ez megtörténjen. Akármennyire is szeretem, meg kellett volna akadályoznom, hogy belém szeressen. Persze, ki gondolta volna... Hiszen annyi gyönyörű nő veszi körül. És miért nem vettem észre ideje korán a figyelmeztető jeleket. – gondolkodott tovább. – Talán azért, mert sosem hittem abban, hogy ez velem is megtörténhet. Ilyen boldogság csak a filmeken létezik. Mert azt el kell ismernem, hogy Barry tényleg nagyon boldoggá tett. Minden ígéretét betartotta. Már az első napon megígérte, hogy sok meglepetésben lesz részem, és úgy is lett. Azután megígérte, hogy erre a pár napra olyan boldoggá tesz, amilyen boldog még sosem voltam, és ezt az ígéretét is betartotta..."

- Ó, bocsáss meg! Nem akartalak megzavarni. – fordult vissza az ajtóból Dick, mikor látta, hogy Helga gondolataiba merülve ül a teraszon.

- Semmi baj, egyáltalán nem zavarsz. – felelte és maga mellé húzott egy széket az öreg számára.

- Meg akarok beszélni veled valamit. – kezdte Dick. – Barry és én úgy gondoltuk, rendezünk egy búcsúpartit neked.

- Igazán kedves ötlet, de tudod, hogy erre semmi szükség...

- Nem ez volt a kérdés. Ez eldöntött tény. A kérdés most jön. – szakította félbe az asszonyt kedvesen, de nagyon határozottan Dick. – Arra lennék kíváncsi, segítenél – e a menü összeállításában? A srácok is eljönnek, ők is el akarnak köszönni.

- Örömmel segítek. És ha nem okozna túl nagy gondot, lenne egy kérésem is. Ha jól tudom, nálatok az a szokás, hogy ha valaki elmegy, búcsú ajándékot ad azoknak, akiket szeret. Igaz? – Dick bólintott. – Szeretném, ha segítenél nekem választani mindenkinek valamit.

- Természetesen örömmel segítek. Van valami elképzelésed? – kérdezte Dick.

- Valójában csak azt tudom, hogy Barrynek mit szeretnék. Egyszer láttam egy filmben, hogy egy fiú az anyjának egy hangfelvételt ad, amin elmondja, mennyire szereti. Igaz, hogy a fiú később meghal, de a hangja örökre megmarad az anyjának. Nos, én nem szándékozom még meghalni, de arra gondoltam, ha én is adnék neki egy ilyen felvételt, talán könnyebb lesz neki. Gondolod, hogy jó ötlet?

- Azt hiszem, igen. Holnap reggel majd megkérem, hogy menjen el valamiért, s akkor fel is vehetjük. – gondolkodott hangosan Dick.

- Köszönöm, el sem tudom mondani, mennyire hálás vagyok mindenért. – lábadt könnybe Helga szeme.

- Megjöttem! – kiáltotta Barry, és becsapta maga mögött az ajtót.

- Mit hoztál? – kérdezték egyszerre Helga és Dick.

- Mivel azt mondtátok, hogy nincs kedvetek étteremben enni, így beugrottam a kedvenc kínai éttermünkbe, és csomagoltattam három kiadós adagot. Ha emlékeim nem csalnak, a múltkor nagyon ízlett. – karolta át Helga derekát nevetve. Az asszony mosolyogva pakolta ki a doboz tartalmát.

- Én most nem eszem veletek. El kell még intéznem néhány dolgot. Ne várjatok meg! Reggel találkozunk! – köszönt el Dick. Barry és Helga csodálkozva néztek utána.

- Remélem, te azért éhes vagy? – fordult Barry az asszonyhoz. – Melyiket kéred? – mutatott a dobozokra.

- Hát nem is tudom – nézegette tanácstalanul a kínálatot Helga.

- Akkor mindegyikből kapsz egy keveset. – döntötte el a kérdést a férfi. – Vagy tudod, mit? Először kóstolj meg egy – egy falatot mindegyikből, és döntsd el, melyik ízlik. – azzal már ki is vett a pálcikájával egy ígéretes, illatos falatot, és megkínálta vele az asszonyt. Helga először meglepődött, majd engedelmesen bekapta a felkínált ételt. Barry feszülten figyelte a nő reakcióját.

- Ez nagyon finom! – szólt az asszony elismerően, s kezébe vette a saját pálcikáit, hogy a következő doboz tartalmát felderítse. Barry azonban egészen közel húzta a székét és kivette a dobozt Helga kezéből. Az asszony értetlenül nézett rá.

- Nem, nem, majd én!

- De tudok egyedül enni! Nem vagyok beteg! A pálcikákkal pedig remekül megtanítottál bánni. – szólt méltatlankodva az asszony, de azért elfogadta az újabb falatot.

- Tudom, hogy képes vagy egyedül is enni – felelte Barry, és gyengéden megsimogatta Helga arcát. – egyébként hogy ízlik?

- Nagyon finom. De ha minden egyes dobozt ilyen lassan nyitunk ki, a végén teljesen kihűl minden. – nézett az asztalra Helga, s kezdte sejteni, mi is járhat a férfi fejében. Kivette a pálcikákat Barry kezéből, majd a két karját a férfi nyaka köré fonta. Barry felsegítette az asztal mellől, és a teraszhoz vezette. Odakint már esteledett. A nap aranycsíkot festett az óceán vizére, a szél épp csak lengedezett. Barry tudta, hogy Helga imádja a napnak ezt a szakát a parton tölteni. De most csak a korlátig vezette.

- Hát nem gyönyörű? – kérdezte – És te csak úgy itt akarod mindezt hagyni, rólam már nem is beszélve. Maga felé fordította a nőt. - Nézz rám, és úgy mondd, hogy nem szeretsz!

- Barry, sosem mondtam, hogy nem szeretlek! Teljes szívemből szeretlek, és ha tehetném, sosem hagynálak itt. Hidd el, kérlek, nekem ugyanúgy fáj, de nem tehetek semmit. És nekem nem csak azzal kell megbirkóznom, hogy nem lehetek többé veled, de azzal is, hogy tudom, mekkora fájdalmat okoztam neked! Talán sosem lett volna szabad idejönnöm...

- Kérlek, ne mondd ezt! – csitította el a férfi. – Életem legnagyobb ajándéka, hogy megismerhettelek. Tudod, apa néhány napja azt kérdezte tőlem, tudom – e, hogy veszélyes játékot űzök. (Akkor még nem tudtam, hogy te ugyanúgy szeretsz, mint én téged.) Akkor azt válaszoltam neki, hogy nem fogom hagyni, hogy örökre eltűnj az életemből. És most megígérem, hogy ha te is úgy látod jónak, néha felhívlak, és talán meg is látogatlak.

- Minden nap várni foglak! – suttogta Helga.

Másnap reggel Helga ébredt elsőként. A konyhában éppen a kávét készítette, mikor meghallotta Dicket lejönni a lépcsőn. Izgatottan szaladt elé. Dick mosolyogva üdvözölte:

- Milyen kellemes meglepetés, azt hittem, még mélyen alszol.

- Nem nagyon tudtam aludni. Alig vártam, hogy tudjunk beszélni. Sikerült elintézned?

- Hát persze! Mindjárt oda is adom! Vidd a szobádba! És utólagos engedelmeddel, a többieknek is vettem pár apróságot, ahogy megbeszéltük. Tessék, minden benne van ebben a szatyorban.

- Dick, te olyan csodálatos vagy! – lehelt csókot az öreg arcára, és a csomagokkal beszaladt a szobájába. Mire visszajött, már a kávé ott illatozott egy csészében a pulton.

- Fantasztikus vagy, köszönöm. Hálából készítek egy isteni reggelit. Van valami különleges óhaja, uram? – kötött egy kötényt maga elé Helga.

- Igen, kolbászos rántottát szeretnék. Kérlek, készíts nekem kolbászos rántottát! – csillant fel az öreg szeme.

- És nekem is! – hallatszott egy álmos hang a nappali felől. Barry a szemét dörzsölgetve, ásítozva közeledett. – Micsoda isteni kávéillat! Abból is kérek! Mi a csudát csináltok ti itt hajnalban? – kérdezte. És mosolyogva fogadta el a kávéscsészét, amit Helga nyújtott felé. De nem csak a csészét fogta meg, hanem az asszony karját is. Magához húzta, és megcsókolta. – Jó reggelt! – súgta a fülébe, és hozzá simulva belekortyolt a kávéba.

- Ó, te mormota! Már régen elmúlt nyolc óra is. Tudod, hogy ma rengeteg dolgunk van! Amíg elkészül a reggeli, öltözz fel! Az újságokat majd megnézed, ha hazajöttél. – hessegette el fiát a pult mellől Dick. – És ha kérhetném, ne akadályozd Helgát a reggeli készítésében! – kacsintott huncutul a nőre.

- Én miben segíthetek? Már a reggeli készítésén kívül? – kérdezte Helga, és elkezdte felaprítani a rántotta hozzávalóit.

- Semmiben! – felelték kórusban.

- Kélek, már teljesen jól vagyok, és nagyon szeretném hasznossá tenni magam. – mondta az asszony nevetve, mert mindig nevetnie kellett, amikor kórusban feleltek valamire.

- Rendben, akkor te fogadod az ételszállítókat, és tiéd a tálalás is. Barry, neked még lenne egy kis elintéznivalód a városban. Itt a lista! – osztotta ki a feladatokat Dick.

- És te mit fogsz csinálni? – kérdezte Barry, és megpróbálta elolvasni az apja írását.

- Én vagyok a fő szervező! Enyém az irányítás! – húzta ki magát Dick. Barry nevetve indult a szobájába a kulcsaiért. Helga kérdőn nézett Dickre

- Már nem kell elküldened, hiszen készen van a meglepetés!

- Tudom, de azokra a dolgokra tényleg szükségem van. – nevetett Dick. – De úgy látom, te szívesebben mennél Barryvel, minthogy egy ilyen öregemberrel töltsd az időt!

- Dick, te is tudod, hogy nagyon szeretek veled lenni, de ha nem bánnád...

- Menj csak, - nevetett az öreg. - Barry! – szólt a fia után. – Valaki szeretne veled menni! – Barry megállt az ajtóban, és várakozóan nézett az apjára.

- Ha akadna egy szabad hely az autódban... - bukkant elő Helga Dick háta mögül. Barry nevetve bólintott.

- Elboldogulsz egyedül, apa? – kérdezte Dicket.

- Hát persze, menjetek csak! Jó mulatást! – kísérte ki őket az autóig. – De ne maradjatok el túl sokáig!

- Ígérem, sietni fogunk! – De az ígéretet nem volt könnyű megtartani. A vásárlással ugyan gyorsan végeztek Barry nagy megkönnyebbülésére, de ki tudja miért megálltak sétálni egy kicsit a parton. Leültek a homokba, és nézték a vizet.

- Akár az első napon, emlékszel? – kérdezte Helga.

- Persze, hogy emlékszem. Sosem fogom elfelejteni, amikor megláttalak a reptéren...

- Csak azt ne mond, hogy annyira szépnek találtál! – nevetett Helga.

- El tudod te képzelni, hogy micsoda elképesztő dolog hónapokig álmodni valakiről, akit eddig sosem láttál, és egyszerre csak ott áll előtted? Ismertem minden mozdulatodat, a szemedet, a hajad illatát, és a semmiből megjelentél. Ha létezik varázslat, akkor ez biztosan az volt. Abban a pillanatban tudtam, hogy valami nagyon fontos történik velem. Csak idő kellett, hogy felismerjem, mi is az. Pedig néhány perccel korábban, még azon gondolkodtam, hogyan lehettem olyan bolond, hogy aláírtam azt az eszement szerződést, és egyáltalán mit keresek én ott, ahol egy kolléganőnek kellene fogadnia téged. De a következő percben már nagyon örültem, hogy Judy nem ért ki.

- Nos, ha már itt tartunk, volt egy pillanat, amikor én is majdnem visszamondtam az utazást. – gondolkodott el Helga. – Tudod, amikor megjött értem az autó, és a gyerekektől kellett elbúcsúznom, majdnem visszafordultam.

- De ugye nem bántad meg, hogy eljöttél? – Helga csodálkozva nézett a férfira.

- Életem leggyönyörűbb két hete volt. S ha egy icipici esély lenne rá, itt maradnék örökre. S akkor bármikor találkozhatnánk. Akkor jönnél hozzám, amikor csak akarnál.

- Csakhogy én mindig veled lennék. Éjjel – és nappal. Persze, ha te is szeretnéd. – nézett mélyen Helga szemébe Barry. Az asszony úgy érezte, a szíve megszakad, látva a szomorú vágyódást a férfi szemében. Bármit megadott volna azért, hogy megvigasztalja, de tudta, hogy sajnos semmit sem tehet. Így csak megsimogatta Barry arcát, és olyan szeretettel csókolta meg, amennyire csak szerelméből telt. Egyszerre csak furcsa csacsogásra lettek figyelmesek. Egy tündérszép szőke, két év körüli kislány állt előttük. Göndör szőke fürtjei, minta repkedtek volna rózsás arcocskája körül az enyhe szélben. Hatalmas kék szemeivel kíváncsian figyelte őket, s közben valamit magyarázott. A kezében egy óriási strandlabdát tartott. Helga és Barry egymásra néztek, és nem tudták megállni nevetés nélkül. A kislány anyja néhány lépésről figyelte gyermeke barátkozási kísérletét. Helga bár nem értette, mit mond a csöppség, nevetve nyúlt a labda után. A kislány odagurította neki, majd várakozva nézte, hogy mikor kapja vissza. Mikor Helga visszagurította, a kislány Barrynek dobta a labdát, s láthatóan díjazta, hogy a felnőttek hajlandóak játszani vele. Egyre közelebb jött, s a végén Helga ölébe kéredzkedett. Helga kérdően nézett a gyermek mamájára, de az csak mosolygott, és bólintással jelezte, hogy megengedi, hogy az asszony felvegye a lányát. A csöppség kényelmesen elhelyezkedett Helga ölében, és ismét sietősen magyarázni kezdett. Barry megpróbálta megértetni az asszonnyal, mit is akar a gyerek, de ő sem mindig értette. A kislány, kérdően nézett Helgára. Ő azonban válasz helyett egy kedves dalt kezdett énekelni. A kislány olyan figyelemmel hallgatta, mintha értette volna. Amikor a dal véget ért, a kislány Barry felé nyúlt. A férfi épp át akarta venni, de a gyerek meggondolta magát, és mégis Helgával maradt. De a férfi kezét sem engedte el, hanem Helga arcát simogatta meg vele. Erre az asszony szemében könnyek jelentek meg. A gyerek édesanyja bár nem értette a dolgot, zavartan vette magához a lányát, és kínosan mosolyogva elköszönt. Helga gyorsan letörölte a könnyeit, és mosolyogva fordult a férfi felé:

- Hát nem volt édes? Imádom a gyerekeket. – állt fel Helga, s a homokot lesöpörve magáról a parkoló felé indult.

- Fantasztikusan bántál vele. – folytatta Barry a beszélgetést már az autóban.

- Végül is, nekem is van három. – válaszolta Helga, de a fejéből nem tudta kiverni a kislány édes arcocskájának emlékét. Közben a saját gyerekeire gondolt, és rettenetesen vágyott az ölelésükre. De nem sokáig tudott gondolkodni, mert Barry kisfiús kíváncsisággal a hangjában kérdezte:

- Mit énekeltél neki?

- Egy aranyos kis verset egy apró tündérről, egy népdalt, és egy verset egy kisfiúról, akit a mamája próbál elaltatni. – mesélte Helga, de biztos volt benne, hogy Barry hallani akarja a verseket angolul is. És nem tévedett. A férfi kérésére megpróbálta lefordítani a verseket, ami egyáltalán nem volt egyszerű feladat. Barry mosolyogva hallgatta egyiket a másik után, majd megjegyezte, hogy bár már érti (legalább is nagyjából) a szöveget, de magyarul jobban hangzott. Arra azonban képtelen volt rávenni

Helgát, hogy újból elénekelje őket. Hiába magyarázta, hogy nem zavarja, ha nem énekel kristálytisztán, Helga hajthatatlan volt.

Alaposan elkésve értek vissza a házba. Dick már komolyan aggódott értük. Épp csak annyi idejük maradt, hogy átöltözzenek, s a vendégek már kezdtek is szállingózni.

- Apa! Nagyon haragszol? – kérdezte Barry, miközben a haját törölte a zuhany után.

- Nem haragszom, csak már nem tudtam elképzelni, merre lehettek. Történt valami?

- Hát, ha úgy vesszük, igen. Lementünk a partra, és beszélgettünk. Egyszerre ott termett egy kicsi lány, és barátkozni akart. – magyarázta Barry, majd elmesélte, az egész történetet. – El sem tudod képzelni, mennyire megkapó látvány volt, Helga karjaiban a kacagó csöppséggel. Egy pillanatra azt hittem, meg akarja tartani. Hallanod kellett volna, ahogy dúdolt neki. Bár ha jól hallottam, kissé hamis volt, mégis olyan ártatlan, és szívet melengető... – mélázott el egy percre a férfi, de Dick nem hagyta, hogy teljesen elmerüljön a gondolataiba.

- Örülök, hogy jól éreztétek magatokat, de mostmár igyekezz! Vicky már hívott. Hamarosan itt lesznek.

- Adj még néhány percet, és kész vagyok. – felelte Barry. Helgával egyszerre léptek ki a szobájukból, és a férfi felajánlotta a karját. Helga mosolyogva karolt belé, és együtt indultak a vendégeket fogadni. Dick már a nappaliban várta őket. Éppen italt töltött, mikor Vicky megérkezett. Szép volt, és elegáns, mint midig, és vidám. Helga nagyon szívesen volt a közelében, mert úgy érezte, vidámsággal, bizakodással, és energiával töltődik fel a nő közelében. Néhány perccel később Scott és Charlie is megérkeztek. A fiúk első útja természetesen a büféasztalhoz vezetett. Charlie csalódottan vizsgálta a kínálatot:

- Azt hittem, meglepsz még utoljára valami finomsággal. – fordult nyafogva Helgához. A nő kissé szomorkás hangulata ellenére sem tudta megállni nevetés nélkül, de válaszolni nem volt ideje, mert Vicky rögtön rápirított a férfira:

- Csak nem képzeled, hogy még a búcsú partiján is ő fog főzni! Van neked szíved?

- Van! – nézett rá önérzetesen Charlie. – De gyomrom, és ízlelőbimbóim is vannak.

- És, mint az köztudott, a gyomrod, feneketlen. – tromfolt rá Scott és Barry szinte egyszerre. Charlie szemrehányóan nézett rájuk, de a kitörő nevetést nem tudta megállítani. Ártatlan arckifejezése, csak fokozta a derültséget.

- Nem is tudom, hogy ezek után merjelek – e asztalhoz invitálni? – kérdezte könnyeit törölgetve Dick. - Vagy már nincs is kedved velünk enni?

- Nem venném a lelkemre, ha miattam romlana meg ez a rengeteg ennivaló. – fogott a kezébe egy tányért a férfi, és alaposan megpakolta mindennel, amit csak az asztalon talált. Helgának eleinte fel sem tűnt, hogy senki nem beszél az utazásról, holott éppen azért gyűltek össze, hogy tőle elköszönjenek. Még Charlie sem szólta el magát azt az egy mondatot kivéve, mikor a főztjét hiányolta. Az asszony titokban nagyon hálás volt, hogy nem emlékeztették folyton arra, hogy hamarosan el kell utaznia. Egész nap attól tartott, hogy nem lesz képes megállni sírás nélkül, de a fiúk (szokásukhoz híven), gondoskodtak arról, hogy még véletlen se legyen ideje elszomorodni. A könnyei ugyan potyogtak, ám nem a szomorúságtól, hanem a nevetéstől. Vicky eleinte megpróbálta kordában tartani őket, hamarosan rájött azonban, hogy reménytelenül kísérletezik. A parti végén még meglepték Helgát egy közös fényképpel is.

- Tudjuk, hogy felejthetetlen társaság vagyunk, - kezdte Charlie – de biztos, ami biztos, neked adjuk ezt a képet, hogy amikor meglátogatunk, le ne tagadhasd, hogy ismersz. És most akár szabad, akár nem, kérek egy csókot. – ölelte át a nőt, s közben csúfondáros vigyorral nézett Barryre. Helga nevetve tartotta az arcát, Barry pedig könnyedén belebokszolt a barátja vállába. Miután mindenki elment, Barry karon fogta Helgát, és a saját szobájába vezette.

- Sokat gondolkodtam, hogy mit is mondhatnék. Eszembe jutott rengeteg szebbnél szebb gondolat, de tudom, semmi nem enyhítheti a szomorúságodat, ahogy az enyémet sem. Abban reménykedek, hogy ha már otthon leszel, és nagyon szomorú lennél, előveszed ezt, és érezni fogod, hogy veled vagyok. Ha végig simítod, tudd, hogy én simogatlak... - nyújtott Helgának egy dobozt. Az asszony meglepődve nyitotta ki. Amikor meglátta a tartalmát, azt hitte, álmodik. A ruha, a cipő, a kesztyű, de még a hozzá illő ékszer is mind – mind ott volt.

- Ez tényleg az enyém? – kérdezte hitetlenkedve. Barry szomorú mosollyal bólintott. Helga végigsimította a finom anyagot, majd maga mellé tette a dobozt, és átölelte a férfit. Barry érezte, hogy soha nem fogja elfelejteni azt a pillanatot, amikor megpillantotta Helgát ebben a ruhában. Ahogy az eltelt két hét minden egyes perce is olyan elevenen élt a szívében, mintha csak most történt volna.

- Azért adom neked, hogy sose felejtsd el azt a pillanatot, amikor örökre elvarázsoltál. Arra gondoltam, hogy megkérlek, vedd fel. De már nem tudom, hogy tényleg akarom – e. – suttogta a nő fülébe. - Mert akkor el kell, hogy engedjelek, és a megmaradt kevés időből annyit akarok veled tölteni, amennyit csak lehet.

- Tudod, olvastam egyszer egy könyvet, amiben egy szerelmes férfi azt kéri a szerelmétől, hogy az esküvője előtti éjszakát virrassza vele végig. A nő megígéri, bár vérzik a szíve, mert akkor még azt hiszi, hogy a férfi valaki mást akar elvenni. De a jelenet attól még gyönyörű. Ha akarod, én is ébren töltöm veled ezt az éjszakát. Vagy annyi időt, amennyit csak szeretnél.

- Tudod, hogy ha rajtam múlna, sosem mennél el, ugye? – kérdezte Barry.

- Igen, de kérlek, ne nehezítsd meg még jobban! – kérte az asszony.

- Rendben; ígérem, jó leszek! – suttogta Barry, és megcsókolta Helgát. A szenvedély már – már hatalmába kerítette őket, mikor diszkrét kopogást hallottak. Barry tudta, hogy örökre hálás lesz az apjának, amiért ennyire ráérzett, mikor kell megjelennie. Majdnem olyan hatalmas hibát követtek el, amit talán sosem bocsátottak volna meg sem maguknak, sem egymásnak. Dick szerencsére semmit nem vett észre, mikor belépett.

- Arra gondoltam, hogy ha nem vagytok még túl fáradtak, megihatnánk még egy pohár bort a teraszon. Gyönyörű este van. És ha nem bánod, szeretnék még egy kevéske időt veled tölteni. – fordult Helgához az öreg. Az asszony szemét elborították a könnyek. Elmondani sem tudta, mennyire megszerette az idős férfit. De nem is volt szükség szavakra. Dick átölelte a vállát, és kedvesen csitította. Helga gyorsan megpróbálta fegyelmezni magát, és halvány mosollyal karolt a két férfiba. A fél éjszakát átbeszélgették. S Dick nemhogy zavarta volna meghitt együttlétüket, de tökéletesen kiegészítette a köztük kialakult harmóniát. Segített feloldani a bennük összegyűlt feszültséget. Jóval éjfél utánig üldögéltek a teraszon. Helga már kissé fázott, így Barry kölcsönadott neki egy meleg pulcsit, ami puhán simult az asszony hátára.

– Azt hiszem, ideje lenne lefeküdnöm. – nyújtózott nagyot Dick. – Ugye nem haragszotok, ha én most elköszönök. Szervusz, fiam. – veregette meg Barry vállát, majd Helgához hajolt. – Jó éjt, kedvesem!

– Jó éjt! – nyújtotta csókra az arcát Helga. – És szép álmokat! – szólt még utána. De ők sem maradtak tovább a teraszon. Gyorsan elöblítették a poharakat, majd Barry a szobájába kísérte az asszonyt. Zavartan álltak az ajtóban, de tudták, jobb, ha Barry nem megy be. Hosszas búcsúzkodás után Barry elindult a saját szobájába.

A reggeli nap meleg fénnyel árasztotta el a házat. A hatalmas ablakokon keresztül akadálytalanul ömlöttek be az aranysárga sugarak. Mindenütt teljes csend honolt. Még az óceán is csendesen nyaldosta a partot. Barry nagyon szerette ezeket a békés reggeleket, s máskor mindig hagyott egy kevéske időt magának, hogy a tájban gyönyörködjék. Most azonban alig várta, hogy reggel legyen. Az éjjel nem sokat aludt, korán kelt. Amikor kilépett a szobájából, rögtön megérezte a frissen főtt kávé kellemes illatát. Szomorkásan elmosolyodott, mert tudta, hogy Helga most utoljára készíti nekik a reggelit. Barry éppen azon igyekezett, hogy a lehető legvidámabban tudja köszönteni az asszonyt, mikor legnagyobb meglepetésére az apját látta sürögni a kávéfőző mellett.

– Szervusz, apa! Csinálnál nekem is egyet? – ült le kissé csalódva a pulthoz.

– Szervusz, fiam! Tessék! Friss, és forró! –nyújtotta a csészét Barrynek Dick, majd csodálkozva kérdezte: – Helga még alszik?

– Azt hiszem, igen. Megnézzem?

– Nem fontos, csak gondoltam, ő is korán akar felkelni. Mégis csak ez az utolsó napja itt... – harapta el a mondat végét az öreg. Barry töltött egy újabb csésze kávét, és bekopogott a nő szobája ajtaján:

– Jó reggelt! Itt a friss, forró kávé! – de a szobából nem érkezett válasz. A férfi lenyomta a kilincset, és belépett. Legnagyobb csodálkozására a szoba teljesen üres volt. Az ágy érintetlen.

– Apa! – kiáltotta. – Helga eltűnt! – sietett vissza a konyhába, s közben majdnem magára borította a forró italt. – A szobája üres, az ágya be van vetve. Mintha le sem feküdt volna. Pedig este én magam kísértem a szobájába. – mondta, s letette a csészét a pultra. Dick az ablaknál állt:

- Nézd, csak! – mutatott a part irányába. – Ott van. – Barry az apja mellé lépett, s onnan nézték, ahogy az asszony sétál a napkeltében. Majd megállt, és az óceánt nézte.

- Ugye, milyen védtelennek látszik? – kérdezte Barry.

- Olyan, mint egy elveszett tini. Ha nem tudnám, hány éves, nem mondanám húsznál többnek. – felelte elgondolkodva Dick. És valóban Helga sötét farmerjában, világoskék blúzában kibontott hajával úgy nézett ki, mint egy diáklány. Barry látta, hogy a hátára azt a pulóvert terítette, amit tegnap este adott neki kölcsön. Helga nem vette észre, hogy a két férfi a házból figyeli. Már órák óta sétált. Az éjjel nem nagyon tudott aludni, s reggel korán felkelt. De a ház csöndje most nem nyugtatóan hatott rá, inkább felzaklatta. Nem akarta felébreszteni a férfiakat, ezért felöltözött, és kisétált a partra. Most kezdte azonban érezni, hogy a hajnali friss levegő kissé hűvösebb volt, mint gondolta. Fázósan húzta össze magán Barry pulóverét. A következő pillanatban egy puha érintéssel egy kabátot terített valaki a vállára. Helga pontosan tudta, ki áll mögötte. Barry körülbelül félúton járhatott a part és a ház között, mikor Helga megérezte, hogy jön. Gyorsan összeszedte magát, hogy a férfi ne lássa, szomorúságát. Nem tudta eldönteni, hogy a kabát, vagy a férfi érintésének hatására kellemes melegség járta át.

- Nagyon fog hiányozni! – mondta köszönés helyett, s beburkolózott a kabátba. Barry a háta mögött állt, és két karjával gyengéden átölelte. A hatalmas víztömeg káprázatos látványt nyújtott. Barry belecsókolt Helga hajába, s mély lélegzetet vett, hogy érezhesse a nő hajának az illatát.

- Az óceán? – kérdezte a férfi, s maga felé fordította a nőt. Közben egy kósza tincset kisimított Helga arcából.

- Az is – bólintott Helga szomorúan. – És minden más is. De tudod, hogy főleg te. – tette hozzá, mikor látta Barry kérdő tekintetét.

- Mikor keltél? – kérdezte némi szemrehányással a hangjában. – Lefeküdtél egyáltalán?

- Persze! Csak nem tudtam aludni, ezért amikor megvirradt, felkeltem és kijöttem ide. Tudod, jól bele akarom vésni az emlékeimbe, hogy bármikor fel tudjam idézni.

- De miért nem ébresztettél fel? – simogatta meg Helga arcát Barry

- Olyan mélyen aludtál, hogy nem akartalak zavarni. – nézett a férfi szemébe, s közben kissé hunyorgott, mert a nap pontosan Barry háta mögött tündökölt. Tulajdonképpen csodálatos napra ébredtek, de ettől egyikük kedve sem lett jobb.

- Azt hiszem, ideje lenne indulnunk. – sóhajtott Barry.

- Máris? – kérdezte csodálkozva Helga. – Nem gondoltam, hogy már ilyen késő van.

- Egyáltalán nincs késő – nevette el magát a férfi, mert rájött, hogy az asszony félreértette. – csak apa már biztosan elkészült a reggelivel. – magyarázta, és átölelve az asszonyvállát, besétáltak a házba. Az indulásig hátralévő néhány órát megpróbálták a férfiak olyan kellemessé és vidámmá tenni az asszony számára, amennyire csak tudták, de azért a levegőben végig érezhető volt a feszültség. Helga is megpróbált a lehető legjobb kedvében mutatkozni, még, ha a szíve majd megszakadt is. De megfogadta magának, hogy nem fog sírni, és nem szomorítja el még jobban Barryt. Amikor azonban el kellett indulniuk a repülőtérre, egy rakoncátlan könnycsepp minden igyekezete ellenére kigördült az arcára. Szerencsére senki nem vette észre. Legalább is ő azt hitte. Dick nagyon is jól látta, mikor titokban megtörölte a szemét. De nem szólt egy szót sem, csak elment az asszony háta mögött, és megsimogatta a karját.

Egymást átölelve álltak a reptér forgatagában. Barry egy ideig némán simogatta az asszony haját, majd végre elszánta magát, és tett még egy próbát:

- Sokat gondolkodtam, és nagyon nehéz erről beszélnem. Tudom, hogy nincs jogom hozzá, mégis arra kérlek, maradj! Nem akarom, hogy elmenj! Nem akarlak elveszíteni!

- Sosem fogsz elveszíteni! – ígérte az asszony.

- Akkor, legalább azt engedd meg, hogy néha felhívjalak, vagy meglátogassalak.

- A világon mindennél jobban szeretném, hogy ne kelljen ekkora fájdalmat okoznom neked. Bármit megtennék, hogy veled lehessek, de ez lehetetlen. Ezért is nem akartam, hogy megtudd, mit érzek irántad. Elég lett volna, ha én szenvedek! Ezért is nem adtam meg a számomat. Ígérem, pontosan egy év múlva fel foglak hívni. Akkor talán már nem lesz annyira fájdalmas. De minden nap gondolni fogok rád!

- Tudom, hogy a gyerekeid várnak. Csak azt nem értem még mindig, mi tart amellett a férfi mellett?

- Sok mindent nem tudsz rólam. Az életem nehéz oldaláról. Hiszen az ember nem szívesen mesél a vele történt rossz dolgokról. Tudod, az életem nem olyan vidám, és napfényes, mint hinnéd. Bár amit elmeséltem, abból úgy tűnhet. Csak nem akartam, hogy sajnáljanak. És amikor roszszul mentek a dolgok, ő volt mellettem. Ő küzdött értünk, azért, hogy valahogy a felszínen tudjunk maradni. Nem fordíthatok neki hátat.

- De hogyan akarsz vele élni, ha közben engem szeretsz? – kérdezte Barry. Az arcán, és a hangjában nem volt szemrehányás, csak szomorúság. Helga nem fordította el a fejét.

- Sosem mondtam, hogy őt nem szeretem. Csak másként. Ő a gyermekeim apja. Képtelen lennék megbántani. Ha megszakad is a szívem, nem maradhatok veled. De ezt itt hagyom neked. – nyúlt egy lemezért a táskájába. – A naplómat mondtam rá. Bármikor meghallgathatod, amikor csak akarod. És akkor tudd, hogy itt vagyok veled. És ha a rádióban meghallasz egyet a dalaink közül, tudd, hogy én küldtem. Szeretlek. – mondta, és megsimogatta a férfi arcát. Majd megfordult, hogy elinduljon a beszálló kapu felé. De Barry megfogta a kezét. Amikor visszafordult, a férfi látta, hogy könnyek áztatják az arcát. Letörölte a könnyeket a nő arcáról, és magához szorította. Szájával az asszony száját kereste, és kétségbeesetten csókolta. Dick szomorúan figyelte őket a háttérből, majd a fiához lépett, és gyengéden elválasztotta őket. Helga halvány mosolyt küldött a férfi felé, megsimogatta az öreg karját, majd mégegyszer Barry szemébe nézett, és szó nélkül átment a kapun. A férfi remélte, hogy még egyszer visszanéz, de hiába várta. Nem tudhatta, hogy Helgának minden egyes lépéssel külön meg kellett birkóznia. Lábai, mintha ólomból lettek volna. S bármennyire is szerette volna mégegyszer látni Barryt, nem mert visszanézni, mert biztos volt benne, hogy ha megfordul, sosem lesz képes felszállni a gépre.

Egy év múlva

A késő délutáni nap bekukucskált az ablakon. Egy szöszi kislány ugrabugrált a nappali szőnyegén, és egy gyermekverset kántált. A fiúk szobájából kiszűrődő zajokból tudni lehetett, hogy egy újabb csatát vívnak egymás ellen a számítógépükön. A kislány már vagy ötödszörre kezdte újra a versét, mikor megszólalt a telefon. A csörgésére az anyja szobájába szaladt. A nő éppen egy újabb részt fejezett be a könyvében. De most nem kezdte el újraolvasni hibák után kutatva a szövegben, csak csendben ült a gépénél, és mereven bámult maga elé. A szemközti falat nézte. De nem a tapéta mintáit vizsgálta, még csak nem is a napsugarak játékát figyelte. Egy fényképen akadt meg a tekintete. A nap sugarai pontosan erre a képre vetődtek, mintha csak emlékeztetni akarták volna az asszonyt. A fotó körülbelül egy évvel ezelőtt készült. Két boldog emberről, akik láthatóan nagyon szeretik egymást. Összebújva állnak az óceán partján, és nevetve integetnek a kamerának. A férfi kék szemű, barna hajú, jóval magasabb, mint a nő. Szerelmesen, óvón öleli át az asszonyt, aki boldogan bújik hozzá. A naplemente aranysárga sugarai fényes sávot rajzolnak az óceán tükörsima felületére. Az égen egyetlen felhő sincs, csak a halványkék égbolt. Olyan, akár a férfi szeme. Az asszony addig nézi a képet, amíg szemébe könnyek gyűlnek. „Barry" – sóhajtja – „bárcsak itt lehetnél velem!"

- Anya! Telefon! – kiabált a kicsi lány. Az asszony összerezzent a hirtelen zajra. Gyorsan letörölte a könnyeit, és kisietett a szobából.

- Köszönöm, kicsim! Jövök!......Tessék, Hercegfalvi! – szólt bele a kagylóba gyanútlanul.

- Hallo, I'm looking for Mrs. Helga Hercegfalvi. – hallatszott a vonal túlsó végéről.

- I'am. – felelte Helga automatikusan, és nagyon csodálkozott, mert amióta hazajött, egyszer sem beszélt angolul, és fogalma sem volt, ki lehet a másik oldalon. Pontosabban, a hang, ismerősen csengett, és a szíve hevesebben kezdett kalapálni, de rögtön le is csitította, az ötlet olyan elképesztőnek tűnt.

- Szervusz, kedves! Barry vagyok. – a szavak hallatán, azt hitte, álmodik. A férfi azonban nem hagyta sokat töprengeni, mert így folytatta:
- Ma egy éve, hogy itt voltál. Apa, és én küldtünk neked egy kis meglepetést. Megkaptad?

- Istenem, tényleg, te vagy az? – kérdezte Helga, és még mindig nem mert hinni a fülének. – Annyira örülök, hogy hallom a hangod. – felelte, és megpróbált nem sírni. – Nem, sajnos, nem kaptam semmit. De várj, csak, valaki kopog!

- Mi történt? – kérdezte a férfi.

- Egy kosár kék, és fehér virág. Barry, ez gyönyörű! Bárcsak itt lehetnél, akkor megcsókolnálak érte! És mondd meg Dicknek, hogy őt is csókolom! – mondta, s közben intett a szállítónak, hogy hozza be a kosarat, és tegye a pultra.

- Rendben, de lehetne azonnal? – hallatszott kórusban, de már nem a telefonból. A virágkosár mögül két mosolygó férfiarc bukkant elő. Helga azt sem tudta, kinek a nyakába ugorjon.

- Dick, Barry! Ti hogy kerültök ide? El sem hiszem! Gyertek, üljetek le! – mondta, könnyeivel küszködve, miután kibontakozott a férfiak öleléséből. – De hogy kerültök ti ide egyáltalán? Honnan tudtátok az új címemet? Miért nem értesítettetek, hogy jöttök? És egyáltalán, hogy jutottatok be a kapun? – és még ezernyi kérdést tódult fel az asszonyban. Hol az egyik, hol a másik férfira nézett, és sírt, és nevetett egyszerre. – Gyertek, üljetek ide mellém. És meséljetek el mindent. – mutatott a kanapéra. Majd a két férfit maga mellé ültette, és mindkettőjük kezét az ölébe vette.

- A kapun egy kedves, idős hölgy engedett be. Ha nem volna lehetetlen, azt mondanám, már találkoztam vele valahol. – válaszolta Barry, és szabad karjával átölelte a nőt. „De a házban nem is lakik idős hölgy." – jutott eszébe Helgának, de nem fűzött a hallottakhoz semmit. „Biztosan, valakinek a rokona lehetett."

- Nos, a kérdéseidre válaszolva – vette át a szót Dick – Először is. Mint tudod, a külügyminisztériumban van egy befolyásos barátom, akinek a telefonszámod alapján pillanatok alatt sikerült kiderítenie, hol laksz.

- Telefonszám? – kérdezte Barry csodálkozva. – Te végig tudtad a számát?

- Igen. Én adtam meg Dicknek, hogy néha fel tudjon hívni, és halljak felőled. – vallotta be az asszony. – Nem tudtam volna úgy élni, hogy semmi hírt nem hallok rólad! Biztosnak kellett lennem, hogy jól vagy, és hogy megpróbálsz boldog lenni... nélkülem. – hajtotta le a fejét Helga, de sietve igyekezett összeszedni magát, és mosolyogni próbált. – És miért nem értesítettél, hogy jöttök? – kérdezte az öregtől.

- Mert nem akartam elrontani Barry meglepetését. – válaszolta Dick, s a fia hálásan nézett rá. – És a legfontosabb kérdés, hogy mit is keresünk mi itt? – folytatta az öreg. – El akarunk kérni a férjedtől erre az estére. Mutatnunk kell valami fontosat.

- Sajnos, az lehetetlen. – felelte Helga. A két férfi csodálkozva nézett rá. – Nekem ugyanis már nincs férjem. – ha bombát robbantottak volna mellettük, az sem lephette volna meg őket jobban, mint az asszony szavai. De még mielőtt bármelyikük is kérdezhetett volna valamit, Helga felállt. – Jaj, de udvariatlan vagyok. Kértek egy kávét, vagy ásványvizet? – Dick és Barry látta az asszonyon, hogy szüksége van néhány percre, így mindketten kértek egy – egy kávét. Amikor Helga letette eléjük a gőzölgő csészéket, visszaült a helyére, és mesélni kezdett. – Fél évvel ezelőtt váltunk el. Amikor haza jöttem, annyi minden történt hirtelen, hogy észre sem vettem semmit. Sikerült kiharcolni egy jelentős összeget egy ügyvéd segítségével, és így el tudtunk költözni ide. A férjem eleinte megpróbálta titkolni, hogy valami nincs rendben. Egyszer aztán, emlékszem egy esős napon, leültetett pontosan ide, és bevallotta, hogy van egy másik nő az életében rajtam kívül. Akkor kezdődött minden, amikor én nálatok voltam. Az a nő nem más, mint a külügyminisztérium megbízottja, aki azért jött el hozzá, hogy közölje vele a balesetem hírét. A férjem akkor teljesen kikészült. A nő látta, hogy nem tanácsos egyedül hagyni, mivel a férjem elmondta neki, hogy senkinek a segítségére nem számíthat. Az asszony megsajnálta, és felajánlotta, hogy segít, amiben tud. Egyre többször találkoztak, és egyre több időt töltöttek együtt. És a segítségnyújtásból vonzalom, majd szerelem lett. Hát, így történt. Egyébként nagyon kedves asszony, én is megismertem. A férjem felajánlotta, hogy szakít vele. Én azonban azt mondtam, hogy nem állok az útjába. Ha tényleg úgy szereti, váljunk el. Nincs értelme, hogy itt maradjon, ha a szíve annál a másik nőnél van. Most lehet majd gond, mivel a hölgyet haza hívták az Egyesült Államokba. Ha jól tudom, Los Angelesbe helyezték át. Azt hiszem, két hónapig lesz még itt. A férjem, vagyis a volt férjem is mehetne vele, de nem akarja itt hagyni a gyerekeket. Mondtam neki, hogy év közben velem lennének, a szünidőket náluk tölthetnék, az ünnepeket pedig majd megbeszéljük

- Drágám! Miért nem említetted ezt egyszer sem? Mindig azt mondtad, hogy minden rendben van. – kérdezte Dick, már amikor meg tudott szólalni.

- Mert tényleg rendben is volt. Szeretem, és tisztelem annyira, hogy nem állok a boldogsága útjába. Egyébként, azóta is barátok vagyunk. Bármiben számíthatok a segítségére. A gyerekeket is akkor látja, amikor akarja, és ők is akkor mennek hozzá, amikor akarnak. Csak már nem lakik velünk. Úgyhogy, ha el akartok kérni valakitől, akkor a gyerekeimtől kell elkérnetek. – váltott témát Helga – Gyerekek! – szólt be a szobába. A hívásra három ajtó nyílt ki egyszerre. Két fiatalember, és egy kishölgy lépett ki rajtuk. Az idősebbik fiú már kész férfi. Barna hajú, barna szemű, és több mint egy fejjel magasabb az anyjánál. Valószínű, hogy az édesapjára hasonlít. A két kisebb gyerek akár két tojás. Szőkék, de ugyanúgy barna szeműek, mint a bátyjuk. Ők azonban inkább Helgára hasonlítanak. – Gyerekek, szeretnélek bemutatni benneteket két nagyon kedves barátomnak, Dick és Barry Marksonnak. Dick, Barry, ők a gyerekeim. – A két férfi mosolyogva nyújtott kezet a gyerekeknek. Közben Helga folytatta: - Gyerekek. Most el kell mennem. Szeretném, ha olyan okosan viselkednétek, ahogy szoktatok. Van vacsora a hűtőben, de hagyok itthon pénzt, és ha akartok, rendelhettek pizzát. A telefonon bármi történne, el tudtok érni. – A gyerekek köszöntek, és már el is tűntek a szobájukban. Helga kíváncsian nézett a férfiakra. – Tulajdonképpen hova is megyünk?

- Meglepetés! – válaszolták egyszerre.

- És jó leszek így, ahogy vagyok? – kérdezte nevetve az asszony, és körbefordult előttük. Fehér pólót, farmernadrágot, és fehér vászoncipőt viselt. A haját fehér gumikkal fogta össze. „Akár az első napon, nálunk." – gondolta Barry. „És a nyakában ott a lánc, a hét pici kővel!" – erre a felismerésre nagyot dobbant a férfi szíve.

- Tökéletes vagy! – válaszolta Dick, és az ajtóhoz kísérte a nőt.

- Miért is nem lepődöm meg! – nézett Helga Barryre az utcán, ahol egy elegáns fekete limuzin várakozott. Egyenesen a város egyik szállodájába hajtottak. Az impozáns lakosztályban egy kényelmes kanapéra ültették, majd két oldalról melléültek.

- Először is, egy üzenetet kell átadnunk! – mondta Barry, és elindította a videót. A képernyőn a házuk terasza látszott, a háttérben az óceán hullámai és a parton az a bucka, ahol első nap leültek beszélgetni. A teraszon az asztalnál hárman ülnek. Két férfi, és egy nő. Vidáman integetnek, s a fiúk csókokat dobálnak a kamerának. Természetesen Vicky, Charlie és Scott azok. A fiúk egymás szavába vágva biztosítják Helgát, hogy nem felejtették el, és még nem tettek le arról a szándékukról, hogy meglátogassák. „Ha Dick, vagy Barry hamarabb értesít arról, hogy elutaznak hozzád, mi lettünk volna a meglepetés, és nem a....Au!" – magyarázza Charlie, és meglehetősen sértődötten néz Scottra, aki hátulról meglegyintette, mert majdnem kikotyogott valamit. De Helga úgy tett, mintha nem tűnt volna fel neki semmi.

- Szegény Vicky! – nevetett az asszony a többiekkel. – Az a két lókötő, alig hagyta szóhoz jutni! Mondjátok meg, hogy én is imádom őket, és hogy bármikor jöhetnek! De ezt a felvételt, elhozhattátok volna hozzám is....

- Csakhogy ez még nem minden. – szakította félbe az asszonyt Dick. – Barry azt akarta, hogy ne legyen ott más, amikor megmutatjuk az igazi meglepetést. Nem tudhatjuk, hogyan fogadod, és nem akartunk esetleg kellemetlen helyzetbe hoznia a fér....

- A családod előtt. – javította ki gyorsan az apját Barry. - Te vagy az első, aki ezt látod. – mondta, s újra elindította a videót.

Főnyeremény: SZERELEM! olvasta a film címét Helga. Egy gyönyörű romantikus történet egy férfiról és egy nőről, akiket a sors egy nyereményjáték kertében hoz össze, de szerelmük nem teljesedhet be. A film felidézte Helga összes emlékét. Bár nem nagyon kellett emlékeztetni, hiszen minden egyes pillanat elevenen élt benne. A találkozás a repülőtéren, a látogatás a stúdióban, a közös főzés Dickkel, a korcsolyázás, és a kirándulás. Mind – mind gyönyörű, boldog emlék. Talán az egyetlen dolog, a baleset, amire a mai napig nem emlékszik tisztán. Igazán furcsa volt látnia magát, amint leesik a kilátóból. Újra átélte a zuhanást. Szívszorító volt látni Barryt, ahogy kétségbeesve térdelt mellette, míg a mentőkre várt, és hiába próbálta hívni az apját. Hiába tudta, hogy csak film, mégis nagyon megrázta. És itt, egy pillanatra újra hallotta az ismerős hangot, és látni vélt egy idős asszonyt, bár a filmben ez nem volt látható. Helga nem tudta levenni a tekintetét a képernyőről, kezével azonban önkéntelenül is Barry kezét kereste. – Mrs. Wolf. – suttogta maga elé. Barry csodálkozva nézett rá, de nem szólt egy szót sem. Aztán a búcsú képei. Újra érezte azt a fájdalmat, amit akkor érzett, amikor fel kellett szállnia a gépre. Szívét külön összefacsarta a tudat, hogy Barry is menynyit szenvedett miatta. Hangtalanul potyogtak a könnyei. Amikor a film véget ért, nem tudott megszólalni. Így Barry kezdett mesélni:

- Nem tudtalak, és nem is akartalak elfelejteni. Éjjel – nappal csak rád gondoltam. Veled keltem, és te voltál az utolsó gondolatom, mielőtt elaludtam. Apa egy ideig nem avatkozott a dolgaimba, de egy napon azt kérdezte:

- Miért nem ír egy filmet rólad? – vette át a szót Dick. – Gondoltam, ha dolgozik, könnyebben elviseli.

- És azt is javasolta, hogy ha elkészült, hozzuk el, és mutassuk meg neked.

- Nos, ennyi a történet. – állt fel a helyéről Dick. – Ha nem haragszotok, én most lepihennék a saját szobámban. Ha valami kell, csak szóljatok! – Helga utána szaladt, és átölelte a férfit.

- Dick, mindig is tudtam, hogy te vagy a világon a legfantasztikusabb! Tudnod kell, hogy nagyon szeretlek. És köszönök mindent! – Dick két oldalról megcsókolta az asszony arcát, és kiment a szobából. Amikor az ajtó becsukódott mögötte, a férfi tanácstalanul nézett körbe. Most mihez kezdjen? Fogalma sem volt arról, hogy Barrynek pontosan milyen elképzelései vannak. Az úton sokat beszélgettek, és ő próbálta megértetni vele, hogy tulajdonképpen nem változott semmi. Hiába szereti ő még mindig Helgát, attól ő még egy másik férfihoz tartozik. „És lehet, hogy ő már egészen másként érez irántad, mint akkor!" – próbált a lelkére beszélni Barrynek, bár azt tudta, hogy Helga ugyanolyan mélyen, és őszintén szereti a fiát, mit régen. De ezt Barrynek több okból sem mondhatta el. Hiszen ő még azt sem tudta, hogy az eltelt idő alatt rendszeresen beszéltek Helgával. És micsoda alaptalan reményeket ébresztett volta az Barryben, ha tudta volna, Helga mennyire ragaszkodik hozzá. „De így mostmár mindent értek!" – csapott a homokára hirtelen Dick. – „Persze, hiszen a helyzet teljesen megváltozott. Azért beszélhetett Helga olyan nyíltan, és őszintén az érzéseiről, mert akkor már gyakorlatilag szabad volt. Csak nem akarta befolyásolni az eseményeket! Nem akarta, hogy ha esetleg én is megtudom, hogyan alakult a sorsa, véletlenül elszóljam magam Barry előtt! Igen, emlékszem, egyszer azt mondta, hogy nem szeretne senkinek a nyakába akaszkodni. Csak akkor nem értettem, mire gondol. Tehát, akármi is volt Barry terve, az már a múlté." - Még jó, hogy két szobát foglaltak le. – Vajon, most mit csinálhatnak? Tudom, hogy nem illik hallgatózni, de próba, szerencse! – mondta félhangosan. Fogott egy poharat, és a két szobát elválasztó ajtóhoz hajolt. Közben csak remélhette, hogy semmi illetlen dolgot nem fog hallani. Azonban sem illetlen, sem illő hangokat nem hallott. A másik szobában síri csend uralkodott. Helga, ahogy elköszönt Dicktől, visszament a kanapéhoz, és leült Barry mellé. Nem szólt egy szót sem, csak nézte a férfit. Most is nagyon vonzó volt. Az elmaradhatatlan barna bőrdzseki alatt kék inget, és hozzá kék farmert viselt. Ez a szín fantasztikusan kiemelte a szeme színét. Amikor belenézett ebbe a vakítóan kék szempárba, meglátta benne a türelmetlen várakozást.

- Kérlek, mondj valamit! – szólalt meg a férfi.

- Még mindig alig tudom elhinni, hogy tényleg itt vagy. Attól félek, hogy ez csak egy szép álom, és mikor megérintenélek, majd hirtelen megint felébredek, és te nem leszel sehol. – tudta, hogy a férfi nem pont erre gondol, de még mindig annyira hihetetlen ez az egész a számára.

- Megint? – kérdezett vissza a férfi. – Ez azt akarja jelenteni, hogy szoktál álmodni rólam? – toldotta meg a kérdést, enyhe iróniával a hangjában. Pedig semmi kedve nem volt az élcelődéshez. Annyira ideges volt a találkozásuk miatt. Remény és félelem vívott kemény csatát a lelkében. Már – már a remény nyert csatát, amikor Helga arról mesélt, hogy már csak ex – férje van, és hogy éppen Los Angelesbe akar költözni az új barátnőjével. Barryvel madarat lehetett volna fogatni. Ám az a tény, hogy Helga idáig semmi olyat nem mondott, ami arra engedne következtetni, hogy ő is követni kívánja a volt férje példáját, és követi a szerelmét, ismét csak a csalódástól való félelmét erősítette. Talán már csak egy kedves barátként gondol rá. „Talán már elmúlt a szerelme? Nem, az lehetetlen! Nem úgy ismertem meg, mint akit elriaszt néhány kilométernyi távolság. Persze, csak azt mondta, hogy elvált, azt egy szóval sem említette, hogy van – e valaki más az életében." – töprengett tovább Barry, de erre a lehetőségre egyáltalán nem is akart gondolni, mert már az ötlettől is összeszorult a gyomra.

- Amikor a kilátóban voltunk, megígértem, hogy álmodni fogok rólad, emlékszel? – kérdezte Helga, s nem értette, miért lett Barry hirtelen olyan szomorú.

- De azt is megígérted, hogy egy év múlva felhívsz. – nézett az asszonyra Barry, és egyre bizonytalanabbnak érezte magát. Helga láthatóan nagyon örült a találkozásnak, emlékeket idéz, a szavaiból kitűnik, hogy tényleg nem csak egy futó ismeretséget jelentett neki az a két hét. De még mindig nem tett rá még halvány utalást sem, hogy még most is ugyanúgy szereti.

- És fel is hívtalak volna, pontosan ma este. – zökkentette ki az asszony borús gondolataiból a férfit. - Ugyanis ottani idő szerint neked még csak ezután kellene felébredned! Illetve, ...na tessék! Még mindig remekül össze tudsz zavarni. – nevetett Helga. – Azt akartam mondani, hogy amikor becsöngettetek hozzám, neked még javában aludnod kellett volna otthon!

- Lám, lám, valaki milyen jól tájékozott a mi időszámításunk felől, és az én ébredési szokásaimról is meglehetősen jók az értesülései.

- Azért, mert haza jöttem, még nem jelenti azt, hogy nem érdekel többé, mi történik veled. Szerencsére Dick rendszeresen hívott, és részletesen beszámolt mindenről, ami veled kapcsolatos. Pontosabban majdnem mindenről. Egy aprócska dolgot elfelejtett megemlíteni.

- És mi lenne az? – kérdezte kíváncsian Barry. Az utóbbi néhány mondat balzsam volt a szívére. „Azt mondta, hogy érdekli, mi történik velem. De egy jó barátot is foglalkoztat, hogy mi van a barátjával....

- Hát ez a gyönyörű film, és az, hogy meglátogatsz. És...

- Szóval tetszett? – nyugtázta a férfi. Helga bólintással jelezte, hogy igen. – És még mi? – Ám erre a kérdésre Barry nem kapott választ. Hogyan is kérdezhetett volna rá az asszony, hogy szereti – e még a férfi. Amikor ott volt nála, akkor biztosan szerette, és azt akarta, hogy vele maradjon. De mi a helyzet most? A filmből világosan látszik, hogy Barry még most sem közömbös iránta. Más dolog azonban szeretni valakit, és megint más azt akarni, hogy az a valaki az élete részévé váljon. Egy évvel ezelőtt, még Barry azt kérte tőle, hogy maradjon vele. De ki tudja, azóta nem gondolta – e meg magát. Az is lehet, hogy talált egy másik nőt, aki szebb, és csinosabb, és egyedül van. Hiszen, mióta csak belépett a lakásába, egyszer sem tett utalást arra, hogy még mindig ugyanúgy érez iránta, mint egy éve. De még csak meg sem próbálta megcsókolni, vagy legalább átölelni. Persze, azóta kiderült, hogy elvált, és a gyerekeket egyedül neveli. Igazán nem várhatja el a férfitól, hogy a nyakába vegye az ő gyerekei nevelését is. Csak nézte őt, és arra gondolt, milyen boldogító dolog lenne hozzábújni, és elmondani, hogy mindennél jobban szereti. És azután megcsókolni, és addig csókolni, ameddig csak bírja. „Vajon mit szólna, ha megsimogatnám az arcát?" – villant át a gondolat a nő agyán. Tétován felemelte a kezét, hogy megérintse a férfit, de a mozdulat félben is maradt. Keze egy pillanatra megállt a levegőben. Lehajtotta a fejét, és zavartan babrálni kezdte a kanapé párnájának rojtjait. Barry azonban megfogta a kezét, és megcsókolta. Ebben a pillanatban villámcsapásként érte a felismerés, hogy az asszony félbehagyott kérdése mit is akart jelenteni. „Hiszen ő is ugyanolyan bizonytalan, mint én! Igazság szerint én sem mondtam még egyszer sem, hogy ugyanúgy megőrülök érte, mint régen! Csak most elhárult minden akadály! Szegénykém, hiszen ő ugyanúgy fél, ahogy én rettegtem eddig!" – csapott a homlokára gondolatban Barry. – Nem válaszoltál! – emelte fel gyengéden az asszony fejét a férfi, és kérdőn nézett a szemébe. Azt akarta, hogy Helga megkérdezze tőle, hogy szereti – e még. De az asszony képtelen volt megszólalni.

- Tudom, hogy mit akartál kérdezni. – folytatta némi hallgatás után Barry. – Sokmindenről mesélhetett neked apa, de azt nem tudhatta, mihez akarok kezdeni, miután meglátogattunk. Igazság szerint fogalmam sem volt róla. Egészen addig....Végül is mindegy, hogy meddig. Lényeg, hogy mostmár pontosan tudom, hogy csak egyetlen dologra vágyom. Pontosabban kettőre. Először is erre! – suttogta a férfi. Előbb gyengéden, és óvatosan, majd egyre felszabadultabban csókolta az asszonyt, akiért átutazta a fél világot, és aki a boldogságot jelentette neki.

- És mi a másik? – kérdezte Helga csendesen, de a szemében látszott, hogy tudja. Mostmár ő is biztosan tudja....

www.ingramcontent.com/pod-product-compliance
Lightning Source LLC
Chambersburg PA
CBHW050743230626
47052CB00004BA/1112